# 昭和を走り抜けた男の「告白」

石原 洋輔
ISHIHARA Yosuke

文芸社

# はじめの言葉

　私は八十歳を迎えようとしている今、自分の人生を顧みながらその功罪に触れてみた。人間の善悪を炙り出してみる。八十歳にならんとする老人が書き残したいものとは何か。昭和、平成を歩き通した男の足跡を辿りながら、今の令和の時代を考えてみたい。

　私は戦中の昭和十八年に生まれた。それでも戦後の苦しさといえば食べる物に困ったくらいしか記憶にない。食の貧しさは隣近所の人々が何とか助け、又お互いに助け合っていたから心の苦しみは感ずることもなかった。

　今にして思えば温もりのある生活の中で育った。常に周りには会話があり、触れ合いがあり、何かしら温もりがあった。心にゆとりがあった。

　終戦直後の昭和二十年代では人々は早く復興しようと国民の思いは一つであった。同じ方向を向いて、豊かな生活を求めてただ必死に働き頑張った。それを後押しするかのように朝鮮動乱が起き、日本は特需に沸き復興を後押しした。次には白物家電（白黒テレビ、冷蔵庫、洗濯機）が市場に登場して国民は豊かな生活のあかしとしてこぞってそれを買った。お蔭で日本の復興は更に早く成長し、ついには、日本経済は世界第二位にまで躍進した。世界の経済も伸びはしたが地球上の各地で貧富の差は大きくなっていた。

私の昭和と平成の時代は希望をもって働くことが出来た。働けば必ず報われることを信じて朝も夜も働き続けることに耐えることが出来た。どんなにつらいことでも先には明るい生活のあることを夢見て働くことが出来た。時には少し悪いことをしても生き延びることも出来た。しかし今は違う、法律、条令が次々と出来、何かすべてガラス張りの社会になり小さな悪いことも出来ない。

〝清水に魚棲まず〟の社会となった。私の時には一生働けば相応の退職金を手にし、先を見据えた年金も受け取ることが出来て、老後の生活を楽しみに一生懸命に働くことが出来た。しかし令和を生きる人々の人生に対する考え方は少し変わってきた。令和の時代は物はなんでもあり、生活も便利になり、人は考える機会さえも少なく、更には人との会話も減り触れ合いも少なく、何か仮想社会の中に生きている気がする。私達高齢者はもうついてゆけない時代になった。物の見方、考え方も変わってきている。変化のスピードがあまりにも早すぎる。早すぎて八十歳の私にはとてもついてゆけない時代に突入している。

この時代の流れの中に多くのものが消えようとしている。日本の伝統文化、よい習慣、親孝行、上司先輩を敬う心、そして国を愛する心まで失われてゆく気がしてならない。一度失われた文化、習慣を取り戻すことは難しいものである。私が希望を託すのは教育により人の心に学びの大切さを知らしめること、人は学びによって、その心を取り戻し新しい社会を作ってくれるものと信じている。

現在を生きる令和の人々はくらげのように社会の中を流れ漂っている。若い人々は何に夢を託して生きてよいものかも決めることも出来ずにいる。まして将来の希望などとても持てずにいる。ただ今さえよければ、このまま世の中が続いてくれればよいと、不安と焦燥の中で漠然と流されている。くらげのように社会を漂って生きている。

それを見ているとこれから生きてゆこうとする人々のことが心配である。何か心の拠り所を持つことが必要ではないかと思う。時は流れて戻ることはない。時代の流れも戻すことは出来ない。川の流れのように上から下へと流れ去ってゆく。時代を回顧することは徒労なのか。人類は川の流れのように先しか見ることが許されないのか。

私は思う、人は人の歩んだ足跡をもう一度省みて、その中から何かを学び生き残る道を見つけ出して欲しい。さもなくば人類は近い将来、破滅と消滅の道を辿るのではないかと心配をしている。人間には考える力（学ぶ力）がある。心がある。

私の生き抜いた八十年間の経験と体験を雑記することによって、何かヒントを得ていただければ幸いである。私の歩んだ道とは、人との出会い、決断をする時、何事も経験が必要であること。人生は心の豊かさによって決まる、そこから人生の一部を求めてみたい。

私の歩んだ道が少しでも参考になればこの上もない幸せであります。

# 目次

三、決断が開く運 …… 95

# 一、人生は出会いから

# 1 警察署長官舎での深夜の麻雀

今はどうか知らないが、私のいた或る町では毎年年末に交通事故をなくそうと交通安全協会長の号令のもとに各種団体、商工会などのメンバーを集めて、年末に交通事故を起さないように年末交通安全決起大会を開く、場所は市内の料理屋の広間である。

交通安全協会長の話に続き、警察署長の訓話を聞く。最後にその年の優良企業の表彰式をすませると、すぐに懇親会に入る。この場は私どもの営業の場所ともなる。酒を呑みかわしながらそれとなく懇親を深めて後の仕事の材料とする。

こうして一時間程の華やかな時が過ぎると、次は三三手拍子で会を締めて閉会する。最初に警察署長さんが出席者の拍子に送られて退席をする。同時に交通安全協会長さんが立つ、そして私を手招きして、二人揃ってそっと横の出口から外に出る。

その足で、料亭の玄関に待つ、署長出迎えの車に乗り込む。五分もすると警察署隣の官舎前に着く、次長さんが迎えに出ている。

「お帰りなさい。署長、今日は鯛《たい》が届いてます。明朝は焼きますか、どうしますか」と指示を待つ。

「汁にしておいて下さい」

この会話が終ると署長官舎に案内される。玄関から直接二階に案内され、応接間を通りその隣の部屋のカーテンを開ける。そこには最新式の電動麻雀台が部屋の中央に置かれている。

麻雀荘ではまだ見かけることの少ない最新式の台である。麻雀が始まる。時間は夜八時くらいか。メンバーは署長さん、副署長さん、交通安全協会長さんと私である。

麻雀を始めて少したつと、料亭にいた仲居さん二人が宴会の残りの料理をおさらに盛り直して届けてくれる。ビールも二〜三本持参し、麻雀が始まると少しの間、仲居さんはお酌をしながら会話にも加わる。そして暫くすると仲居さんは帰ってゆく。

誠に優雅な麻雀である。

午前一時くらいになると交通安全協会長さんはお迎えが来て帰ってゆく。私は署長官舎に泊めていただくことになる。

翌朝目がさめると副署長さんが「署長、朝食の準備が出来ました」と下から声がかかる。ゆっくりと準備をして一階の部屋で署長、次長さんと三人で昨日届いていた鯛のみそ汁で朝食である。

食事が終ると私はすぐに警察署の通用口から、その足で会社（店）に出勤する。歩いて十分程である。署の玄関を出ると知り合いの人に「支店長何か悪いことでもしたのか」と声が飛んでくる。人はよく見ているものである。こうして何もなかったように一日が始まるのである。昨日の出来事は誰も知らないことである。今のご時世に通用するかどうか知らないが何か優雅な一夜であった。署長さんといえども人の子、警察官としての倫理を守りながら遊ぶこともする。ただ、一般の人のする麻雀とは少し違っている。表には出せないこともある。

普通警察署長さんと聞けば法律を守る堅い、立派な人と判断し、その先入観の目で眺めているが一人の人間である。酒を呑めば、麻雀もする。私も銀行員のはしくれである、毎日、人の目を気にして仕事をしているが、少し気持が楽になった。

今の警察官は重箱に圧し込められたように少しも枠から外れることなく仕事をするように仕込まれている、それを思うと少し寂しくもあり、同情もする。

そして、この町には警察もめったに入ることの出来ない治外法権の地域があったことも付け加えておく。

## 2 税金を値切る税理士さん

私は或る大手税理士事務所の所長さんのところにいた。仕事の話は一つもせずに、もっぱら株式の売買、金の売り買い時などについて金儲けの雑談に興じていた。その折、所長さんに一本の電話が入る。そっと聞いていると何か難しい話のようである。税金の話をしていることは理解出来た。更に静かに耳を澄まして聞いていると取引のあるお客様から何かの調査を受けた後の税金の決定の相談のようであった。電話はすぐに終った、暫く雑談をして次の訪問先を二〜三軒廻って帰店する。

午後は久し振りに税務署の署長さんの所に表敬訪問をする計画にしていた。署長さんとは懇意にしていただいている。署に着くとすぐに職員が二階の署長応接室に案内をしてくれた。

部屋には署長さんと副署長さんがテーブルの上になにやら書類をいっぱいに広げて相談をしている。真剣そうな雰囲気が漂っている。

「ちょっとご挨拶に来ました」と署長さんに告げると、署長さんは「今、人事考課をしているところだ」と言った。

丁度そこに一本の電話が入る。

「よお、○○さんか、何の用事かね」から会話が始まる。私は何くわぬ顔しているが耳だけは澄まして、電話の内容に耳を傾けている。どうも話の内容は税務調査を受けた取引企業の納税額を決める相談のようである。大切なお客様のようである。

署長さんは電話の主と二言三言会話をした後、「そうか、その辺で手を打つか、じゃあそうしましょう」で電話を置いた。

私は直感した。午前中に訪問していた税理士所長さんの名前が出ている。調査決定後の税金の納税額を引き下げる交渉が頭に浮ぶ。署長さんは税理士さんの話に応じて税額を決めたようである。この時、税金も人と人との繋がり、人脈によって蔭で決まってゆくことがあることを知る。

それ以後は税務署さんと、税理士さんには含みをもって付き合うようにした。私自身も税に関心をもつようになり、いろいろ勉強して以後の人生の助けとなっている。

〝魚心あれば水心〟である。税金も少しは軽くなる。

〝清水魚住まず〟の社会の裏側を少し学ぶことが出来た。

世の中には型通りに税法処理して真面目に税金を納める人もあれば、脱税と言われ、不法行為によって税を逃れる人も多い。

私は金融マンとして多くの経理担当者を見てきた。几帳面に帳簿つけて、正確に税金を納める人、几帳面を装って税金をごまかす人、法律を十二分に活用して合法的に脱税をする人、緻密な数字操作によって誰も見破ることの出来ない芸術的ともいえる決算書を作り、大手親会社の目を逃れて、借入の必要もないのに金を借り入れして二重決算を示しては借りにくる経理部長さんもいた。社長さんさえも細かいことはわからないのである。

こうして一つの決算書を通じて、会社の良し悪し、その将来性を見通すことを覚え、決算書一つから、会社の内容から社会の動きまで推測して儲けさせていただいたこともある。地位の利用か悪知恵かよくわからないが、とにかく、学びは徳と得である。

最近ある大手証券会社の副社長さんが、逮捕された。副社長さんは社長さんの指示で動いたとも邪推することも出来る。世の中では、又私自身もこのようにして責任を負わされて消えてゆく人を多く見ている。組織の中に身を置いた者の宿命かもしれない。

現在はバーチャルの世界、物や形がない世界で数字が動く事件、事故が起きてもその証拠はつかみにくい。事件が起きた時の法律の適用判断も難しくなっている。この先の世界には何が来るのか恐ろしい気持になる。

# 3 鬼の査察官も人の子

年の瀬も近い或る朝、突然、国税局の査察調査を受けた。朝礼を済ませて、一日の始まりである。

女子職員が入口のシャッターを開ける。その一瞬五人の国税査察官が入口より突入する。受付窓口で捜査令状を示して「みんな動くな、支店長を呼びなさい」と受付の女子職員に指示をする。一緒に来店されていたお客様二〜三人も一瞬緊張が走る。私はその時、支店長席について事の成り行きを判断した、すぐに査察官の前に立った。

「私が支店長です」

査察官のトップと思われる人が調査令状を示して、次々と指示を出してゆく。

「支店長、次長は支店長室から外に出るな」

渉外係には鞄や机の引き出し、更にはスクーターの中と、内部職員には持ち物、机の引出しを次々と開けさせて何かを探している。

食堂、金庫室にも入れない。どこからも何も出てこない。職員も身動き出来ない状態が一日中続く、受付係とその役席だけが仕事を許された。何を探しているのかまだわからない。

とにかく、この営業室内に誰かがどこかに何かを隠し持っていると推定して捜査をしていると思われる。しかし探しているものは夕方になっても見つからない。

緊迫した時間はみるみる内に過ぎてゆく、夕方六時過ぎになると、他の金融機関にも査察に入ったのであろう。いくつかの銀行から「物を押えました」との電話連絡が入り始める。当店からは何も出てこない。主任査察官は何度も私につめよって、「支店長白状せよ」と責めるが知らないものは知らないと言い合っている内に夜の九時近くになってしまう。

私も疲れている。相手も疲れている。その内に主任査察官が「もう遅くなった、支店長手を打たないか」といきなり切り出してきた。そう言って私に示したのが二枚の定期預金の元帳の写しである。これは他のお客様の税務調査の折、内緒でこのお客のものと思われる元票二枚二千万円と三千万円の定期預金の元票のコピーを盗み撮りしたのである。

「この預金の持主は一週間以内に必ず店頭に引き出しに現われるから、引き出しに来たら、内緒で私に連絡して欲しい。いや、約束せよ」と責め寄る。そんなことをしたら、お客様に対して不条理であり、店内で捕り物騒ぎが起きないとも限らない。「それは出来ません」ときっぱりと断る。査察官は声のトーンを低くして、絶対に迷惑はかけない。約束すると言う。私も疲れている。査察官が又、迫るように言う。

「このままでは夜が明けてしまう。絶対に迷惑はかけない。約束する」と更に迫る。その言葉には真実味が感じられた。ついに私も「約束するなら、電話をしましょう」と答えた。

「わかりました。それではこれで打切りにします」

漸く捜査は十一時近くに終了した。査察官の言った通り二日後には預金者が店頭に預金の引き出しに現れた。担当の役席から私に連絡が入る。預金担当の役席に出来るだけ支払い時間を延ばすように指示をする。私はすぐに応接室に入り、国税査察官のところに電話を入れる。暫くすると担当官が電話口に出る。

「ああ、その預金ね。別の差押預金から税金を納めさせたから、もう支払ってもいいですよ」と他人事のような一言でおさまった。苦戦して時間を延ばしている受付係にすぐ連絡して、支払をさせる。

こうして来店された預金者には何も知られることなくおさまった。捕り物騒ぎにはならず、私はほっと胸をなでおろした。

後で知ったことであるがこの査察官は私と同郷出身の先輩であった。偶然のめぐり合いである。私にとっては半沢直樹のテレビドラマの一場面を経験した。この時人生のめぐり合いと因縁を感じた。なかなか経験出来ないことを経験させてもらい、その時の対応と決断と人の縁を学び知ることが出来た。今はただ、よき思い出として心に残った出来事である。

金融マン生活を送った人でもこうした査察を受けた経験のある人は数少ないはずである。私は新入社員の頃、査察を受け、その時の次長さんの対応が恐い者知らずの人で店頭ロビーで査察官ともみ合いになった。その激しい言葉のやりとりを覚えているから、何となくその対応も心得ていた。経験してみたくてもなかなか出来ないことを体験出来た。

この調査は他の客の調査に入った時の並行調査で、問題の会社のものと思われる定期預金の元票の写しをコピーして持っていてそれをもとに調査に入る。その預金は裏預金としてこの店も職員の誰かが証書と印鑑を隠し持っているとの推定で調査に着手したと推定される。

それは当時はやりの手口でお客様から受け取った帳簿外のお金を銀行員が勝手に印鑑を買い、金を預かり、勝手な名義で預金証書を作り、鞄や車、机に隠し持っていると、推察して査察に入ったが当店の預金証書はお客様自身が隠し持っていた。だから店にはなく発見出来なかった。他の銀行では店で又は営業担当者が隠し持っていたものが発見されたものと推測される。

運よく私の店からは何も出なかったのはその当時としてはめずらしく、運が良かったとも思われる。

運、不運はどこにでもころがっている。

私はつまずかずに幸運の道を歩んでいたのかもしれない。

## 4 太腹な経理部長さん

今日は月末三十日（土）である。明日は三十一日（日）の月末である。月末の目標達成がまだ出来ていない、一億円不足している。私は最後の手段として大型百貨店を訪れる。この店の経理部長さんに単刀直入に「月末の預金が一億円不足する、何とか一億円の入金をお願いします」と切り出す。この経理部長さんとは時折、お酒の席を一緒に出来る間柄である。私の気持はよくわかっている。

雑談を交えながら目的の話を進める。すると突然部長さんは「今日は三千万円しか売上はないが、明日（日曜日）はバーゲンセールの販売をするから一億円くらいは売上があるでしょう。今日の所は三千万円、明日来てくれれば七千万円合わせて一億になる」と答が返ってきた。私は一瞬迷ったが即座に決断した。明日は日曜日であるが出勤して集金すれば一億になる。目標は達成出来る。決心した。

「じゃあそれでお願いします」

今日のところは三千万円受け取り一億円の入金伝票と一億円受取書を切る。私の受け取った三千万円は風呂敷に包む。

店に帰ってどう説明したかはよく覚えていないがその日は一億円として入金し、中身は数えず金庫に風呂敷包みのまま入れる。明日、日曜日は出勤する。その日は不運にも大雨の日となった。店に行くと売上は一億には程遠く、五千万円くらいしかなかった。

一瞬血の気が引く。すると経理部長さんはすぐに言った。

「目の前にある五千万円を風呂敷に包む。これで昨日の三千万円と合せて一億円だ。風呂敷包みは開けるな。そのまま明日、一日の月曜日には風呂敷包みを開けずにそのまま持ってくればよい」

その場で一億円の支払い小切手が切られた。部長さんはこのように決断をし、私に指示をした。私もそれに従うしかない、支店長の許可を得て、私が金庫の鍵は預かっている。例外で持っている。金庫にその風呂敷包みを納めて、翌日一番に一億円の支払い小切手を出納に示して、金庫に置いてある二つの風呂敷包みを受け取り、経理部長さんには八千万円を一億円として渡す。こうして元に戻ったのである。

何度思い出しても、恐い経験である。三千万円の現金で一億円の領収書を切る常識では考えられないことをしている。一億の出金伝票で八千万円を返している。どうしても辻褄《つじつま》が合わない。私は自分のした行為もさることながら相手の部長さんはどのように経理処理されたのかの方が心配である。

私も虚偽の入出金をしている。一夜明ければ元通りである。何もなかったように元に戻るのである。どう考えても不法行為である。今でも身震いする。

人生の狭間での数少ない出来事である。常識的には法的には処罰される行い、世の中にはこのような流れの中に身をまかせて生き延びている人が他にもいるはずである。くれぐれも真似はせぬように。首がすぐ飛びます、考えさせられる出来事であった。

この問題の発端は翌日の売上を予想して、今は三千万円しかないのに一億の領収書を書いたことである。結果的に日曜日に七千万円の売上があって入金されれば嘘にはならないがしてはならぬこと。この時、私は自分のことより相手の私を助けていただいた経理部長さんがどのような帳簿処理をして済ませたかが心配であり一番知りたい所である。

私の店は月曜日からは何もなかったように過ぎている。人は切羽詰まると何を考え出すかわからないものである。私もその時何故それに応じたのかわからない。唯々月末目標達成のために己の心に負けたのである。

冷静に考えてみるとこの空預金、架空支払いはお互いの強い信頼関係が出来ていたから実行出来たのだと思う。どちらか一方が少しでも相手に不信感を抱けば成立しない、商行為である。この時、人と人との信頼の深さと人間関係がいかに大切かを知らされた。尊い経験である。

# 5 私の先輩は裁判長

学生時代私の人生に大きな影響を与えてくれた人がいる。昭和三十六年の学生時代、下宿先に司法試験に挑戦する大先輩（当時すでに二十八歳くらい）がいた。卒業後も司法試験に挑み三十二歳頃に合格し、三十五歳頃に裁判官になったと記憶している。実直で正義感が強い人である。きっと成功して社会で活躍する人と私は内心思い尊敬もしていた。

しかし裁判官にはなったが東京、大阪、名古屋と地裁を点々と異動し、最後は名古屋簡易裁判所の裁判長で終っている。希望とした最高裁判事にはなれなかった。退官後の先輩の自慢は、最高裁判所の裁判長が名古屋に来た折には、他の裁判長の所には顔を出すこともなくこの先輩の所には必ず顔を出してお茶を呑み、雑談をして帰ってゆく、自分の所にだけ寄ってくれる長官の来訪が唯一信頼のあかしとして、先輩の小さな誇りとしていた。

仕事は出来、人格者であると思っていた先輩は私の意に反して目標としていた最高裁の判事の地位には昇らずに終っている。

仕事が出来て、人格者であっても世に出て伸びない人もいる。何故かと考える。やはりそこには〝運〟がからまっている、運を開いてくれる人との交わりはこの先輩にも一、二度はあったであろう。その時にチャンスを掴み取ることの出来なかったひとりなのかもしれない。今は九十歳近くの老人となりカラオケを楽しんでいる。少しずつ私から遠ざかっていく。私は今も夢をもって生きている先輩の夢をなくした人生の晩年の姿にはなりたくない。それを見ると虚しい限りである。

そんな私も八十歳。

人は色々な人生という波の中で生れ、生きている。生まれるのも一度死ぬのも一度、これは皆平等のはずである。

違いはその生きた〝過程〟と〝心〟、考え方、どのような人に出会い、チャンスを作ったか、又心の持ち方がどれだけ豊かで人間として徳を備えていたかも問われるのである。やはり人の幸不幸はその人の心の内にあると思う。心の豊かさだけは育てておきたいものである。

人の人生を覗き見た時、人には天命と運命の二つに左右されることを知ることが出来、運命は努力によって切り開くことが出来るが、天命はゆるがすことが出来ぬものかもしれないと改めて思う。

私は尊敬していた先輩をそんな見方をしているがご本人は満足した生き方と思っているかもしれない。人は心の量によって変わりもするから一方的な見方は間違っているのかもしれない。

人の幸せは人の心の内にあるから、人は人の心を計り知ることが大切である。それは学びを深めた人しか知ることの出来ない世界の中にある。

豊かな心を持つことの出来る人は幸せである。

# 6 人生の扉を開いてくれた恩師

昭和三十九年の秋。私は卒業を目前に控え、まだ就職も決まらずに奔走していた。それどころか卒業に必要な卒業論文も提出していない。卒業出来るかどうかを先ず心配しなくてはいけない断崖絶壁に立たされていた。この四年間ろくに勉強もせず過ごしてきた罰である。頼ることの出来るのは担当ゼミの教授しか頭に浮ばなかった。ここに至っては何も考える余裕もなく自然に足は教授のもとに向いていた。

私は入学当初は弁護士を目指していた。その弁護士志望もただ何となく莫然と思っていただけである。この目標は初めて下宿した先の大先輩の一言で飛び散ってしまった。その先輩は司法試験にすでに七年も挑戦し続けて、今も挑んでいる下宿の大先輩である。その大先輩から、

「君は弁護士を目指していると聞いているがこの試験は君の思っている程簡単なものではないぞ、一度始めたら後に引くことは出来ない。更に両親、家族にも金銭的に大きな負担を掛けることになる。そのことは知っているのか」

厳しい言葉である。

私はこの一言を聞いて弁護士になる夢はすぐに捨ててしまった。考えてみればアルバイトをして学費を稼がなければ生活出来ない身分である。そんな時の決断は早かった。すぐにアルバイトを始めた。学業は別として少しは学生生活に潤いを持ちたかった。そこで茶道部に入り、茶道の世界におぼれて四年間を過ごした。少しは良いこともあった。茶道部では部長をした。そこで人のまとめ方、茶会を開く時などの計画、立案、運営、人との折衝などを学び、更に数多くのアルバイトの仕事を通して複雑多岐な経験もした。社会の実学を学んだ。

アルバイトはバーのバーテンダー、ボーイ、レストランのウェイター、百貨店の販売員、経理の末端の仕事、鉄工会社の溶接工、菓子の製造会社では衛生管理を、織物会社では生産、染付、アパレル仕立等々を経験した。このけたはずれの多くのアルバイトの経験を通じて学生の内から、金の魔力、社会の裏表、企業の内容の判断、それらに係わる種々雑多な人々から、いろいろな考え方、行動方法、決断の仕方など知らず知らずの内に学ぶことが出来た。

しかし残念ながら本業の学業の方は講義にも出席せず、期末のテストは優秀な生徒のノートを借りては写して、その写したノートをもとにヤマを掛けて一発勝負の試験で各学年を進級してきた。

ただ、セミナーの授業には出席時間が足らずどうしようもない状態になっていた。そんな生徒が恥も外聞もなく蒼白な顔で担当ゼミの教授室に飛び込んだ。教授に軽く挨拶をすませるがはやいか、単刀直入に「先生、私を卒業させて下さい。私は長男です。愛知県に就職を希望しています。どうかお願いします」とこの時は力の限りをつくしてお願いした。教授はそんな私を一言も叱ることもなく、諭すように言われた。

「先ず卒業論文を出しなさい」と言って教授の著書の二冊の教科書を私の前に差し出して「この二冊の本をしっかり読んで、君の好きなところ、よい点など抜粋して自分の考えも入れて原稿用紙二十枚程にまとめて提出しなさい。就職の件はその後です」とつけ加えて話はすぐに終った。私には反論したり考えたりする余裕などあるはずもない。その日から徹夜で勉強を始めた。今まで、遊んで過ごしてきた罰である。当り前である。自業自得である。ただ反省するのみである。二週間程かけて貸していただいた本を三回程読み、漸く文章を継ぎ合わせて卒業論文のようなものを原稿用紙二十枚にまとめあげることが出来た。

もちろん内容など関係なかった。息つく間もなく、出来た原稿には目も通さずにそのまま教授の元を訪れて原稿用紙を先生の前に深々と頭を下げて丁寧に置いた。先生は原稿には目もくれず、ごみでもよけるように脇に置き、「君はたしか愛知県に就職したいと言っていたね。愛知県のO市に知り合いがいる、その町に信用金庫がある。よければその金庫に知り合いがいるからお願いしてみるが」と話をして下さった。卒業出来るかどうかわからない身での就職探しであるから、私には毛頭考える余裕などない。「先生是非お願いします」と即座にお願いをした。

先生は少し間をおいて「それでは連絡をしておきましょう」でその日は終った。このことを何故かすぐに父にも連絡した。父も「その信用金庫には知り合いがいる、頼んでみよう」とすぐに答がきた。暫くすると金庫から履歴書の提出を求められ、続いて入社案内、入社申込書が送られてきた。この辺は記憶のみで、当時のことはさだかではない。

書類を提出した後、一、二回金庫を訪問して面接試験と簡単なテストを受けたような記憶はあるがはっきりしたことを覚えていない。心は動揺していて卒業式から入社するまでの記憶が飛んでしまっている。

実際のところ、私自身どうして入庫出来たのかもよくわからないままで今日に至っている。当時は相当狼狽していたのであろう記憶が本当にないのである。少し冷静になって考えてみると教授の親戚と思われる方の力添えの方が強く働いたとみる方が正しいと思っている。今思えばその時の入社のお礼などしていない。教授には「入庫出来ました。有難うございました」の手紙ですませている。その当時は私もまだ若かった、教授の恩には気付くこともなく自分で入庫したと思っていたのである。

こうして色々な人の助けによって入庫した。その後は金融マンとして波乱万丈の生活を送った。上は大臣、下はホームレスの人々と天から地までの人に触れることが出来た。更に色々な事件、問題にも遭遇して、その時々に応じた決断をせまられた。更に社会の仕組、社会の裏と表、人間の限りない欲望の渦の中に身を置きながら、迷路に迷い込むこともなく四十三年間を大きな事故も失敗もなく無事に過ごすことが出来た。退職する頃にはどうにか人並の社会人として一人歩き出来るようになっていた。私は〝三十歳にして立つ〞ではなく七十歳にして立ったのである。

今思えばこれもひとえに教授のお蔭である。残念ながらこの時もまだ教授のご恩のお蔭であることに気付いていない。先生に対する感謝の念に気付いたのは七十歳を迎えようとしていた時に漸く遅ればせながら気付くことが出来た。本当に幸いである。今では事あるごとに老教授に対して感謝とご恩の心を伝えて述べている。少し学ぶことを始めたことから気付かされたのである。学ばなければ一生気付くこともなかったであろう。学ぶことの機会を得て自分を振り返ってみると私自身も苦難、苦労、失意の連続の中に身を置いて生き抜いてきたことは間違いない。その時は苦労と感じていなかったのが良かった。

こうして穏やかに晩年を迎える年になってみて初めて学ぶことの大切さを知った。随分と遅い気付きである。それでも学ぶ機会に会えた私は幸せと思っている。学びの大切さに気付くことなく人生を終える人のなんと多いことかも知っている。人の心、自分の心、言葉から行動へとつながっていることを知ることで人はその心を育むことがいかに大切かを改めて知ることになる。〝人の幸《さち》は人の心に凝縮される〟のである。

〝人老ゆるも、心老ゆず〟である。最後の最後まで息を引きとる寸前まで学び通したい。人の幸、不幸はその時の人の心で決まると思うようになった。息を引き取るまでの一瞬に我が人生を託してみる。

学生時代に買い集めて本棚の飾りとしておいた本の中から一冊の安岡正篤氏の本を開いたことにより一気に学びの心に目覚めた。そして論語にたどりつき人の心の大切さを学び、学びによって自分の心、人の心を知り、更に心から言葉、言葉から行動への一連の動きは心に始まることを知る。そして学んだだけではだめで最後は礼儀で学んだことをしめくくらないと一人前の人間にはなれないことを学んだ。人は時には怒りや間違いもするが学ぶことですぐに直すことの出来る人間になることも出来る。

〝過ちて改めざるを過ちと言ふ〟

すぐに直せばよいのです。これが出来れば世の中はもっと穏やかになります。私自身も〝人老ゆるも、心老ゆず〟の気概をもって努力しています。更には生まれるも一度、死ぬも一度を胸に毎日を人様と共に楽しく生きることを願って生きています。今、私が習慣と継続の力を磨くために続けていることは、朝六時から一時間の読書、それがすむとお経をあげる（ご先祖様への感謝）、一時間くらいの散歩とヨガ体操である。継続は力なり、習慣はその人の性格へと育ってゆきます。今それを実感しています。

晩年に始めた学びの大切さから気付いたことを少し記しておきます。学ぶことは何歳からでも遅くありません。気付いたらすぐに目標を立てて学び始めることでしょう。「志」「目標」を立て、それを継続し、習慣化するとよいでしょう。この継続する習慣が人間力を高めてくれます。これを続けてゆけば年は重ねても心はいつまでも若く保つことが出来ると思います。人生100年時代、これからが人生、大いに楽しもうではありませんか。

その前に現状を述べておきます。今はウクライナ戦争中で世界が大きく二つに分かれてバーチャルな世界で戦争をしています。戦争は残酷なことであるのに人々は画面や音を通して受け入れて悲惨な感受性を失いかけています。戦いをゲームのように受け止めています。恐ろしいことです。人間の感受性までもが機械化され、ロボット化されているように感じられます。恐ろしさを感じています。

## 7 伸びる人、失敗する人

次は私の前を通り過ぎていった人々の一部を書きながら人の心から生れる考え、言葉、行動がどのように人の人生を左右しているかについて少し書いてみます。

### その１　人事考課表は成績と人柄で評価を

ここに載せる次長さんは仕事は実によく出来る、その上、上司を喜ばせることが抜群に上手な人である。人事考課表にも規則にはないＡＡ（ダブルＡ）と評価されている。特別に優秀な次長さんが私の店に転勤してきた。普通、人事考課表の最高はＡ評価である。ところがこの人はＡＡである。

この評価は誰がつけたかというと出世頭で役員に抜てきされた格上の支店長さんが評価している。私もこの次長さんは評価通りに、仕事は出来るし気配り、人のまとめ方も良く、お客様からの評判も抜群である。どこを見ても欠点がない。成る程と思う。しかしあまりにも出来すぎた完璧な人物に私は不安を感じた。

年末のお歳暮、夏のお中元の季節には必ず奥さんと同伴で私の家に挨拶に来る。更には翌月の支店長の会議が近づくとその次長さんは「次は支店長さんには必ず会議の席では表彰台に立っていただきます」と言ってくれる。支店長にとってはこれ程嬉しいことはない。頼もしい限りの男だと誰もが思うのは当然である。AAでもしょうがないかと思う。

しかし、私には何か不安がある、それが何かわからない、要するに全面的に信用しかねない人であると私は動物的本能として直感的にはだで感じていた。そこで人事考課表はAAを規定通りのAと評価を下して、支店長昇格については引き続き推薦の添書きを付けた。暫くすると、この次長さんは支店長に昇格して転勤した。支店長になって三、四年すると理由はよくわからないが何か事故を起して退職したとの噂が私の耳に入った。

出来る人のこの何か不安は、私の第六感として当ったのである。

この人を通じて思ったことは、人を判断する時、人の表には見えない心の内、みえない行動についても考えて評価することの大切さを知ることが出来た。

〝過ぎたるはおよばざるがごとし〟〝巧言令色鮮《すくな》いかな仁あること〟であろうか。

人を評価することは実に難しい。その評価によってその人の人生さえも時には左右してしまう。良すぎてもいけない、悪すぎてもいけない。

その地位にある人はくれぐれも慎重に注意して、人を判断、評価するべきことを学んだ。

人を評価する場合、時として第六感で評価することがある。

とぎすまされたこの第六感は意外とよく当るものである。

第六感とは人の見える部分と見えない心の内の部分のこの見えない、表には出てこない人の裏の側面である。これは貸出をする時、実行するかしないかを決断したり、自分自身で決断しなければいけない時、自分自身の心眼がどれだけ清くとぎすまされているかである。

私はこの第六感によって随分と多くのことを決断していた。その決断には誤りが少なく、大きな事故を起すことなく人生を渡り切ることが出来た幸せな男なのかもしれない。

人は生きてゆく上でいやおうなく周囲の人々と接触して生きている、この中では獣的第六感が必要な時もある。

自分の意思とは関係なしに事が動くこともある。

人生には嫌《いや》なことが多い。それでも決断しなければいけないことの連続である。

その連続が人の一生なのかもしれない。

## その2　裏表のある人

次に登場する次長さんはやはり目標を示せば達成してくれる。安心して、仕事も部下の教育もまかせることが出来る人である。

早く支店長になれるように推薦する準備も進めていた。

ところがある時、私は所用で早退したことがある。その時の出来事である。忘れ物に気付いて店に戻った時の出来事である。すでに一日の仕事も終る時刻で渉外係は皆帰店して帰る準備をしている。内部職員はすでに殆ど帰店していた。

店に残っていたのは渉外次長さんと七人の渉外係だけであった。引き返して、通用口の扉を開けた。すると思いもかけぬ光景が目に飛び込んできた。次長さんが店の中央に置かれた支店長席に座っている。それだけならよいがタバコを口にくわえて、顔は天井を向き、足の片方を机の上に伸ばし上げて、何か渉外係を怒鳴りつけている光景を見てしまった。

意外な一面を知った。更に又、夏の連休を取り、休み明け久々にお客様の所へ、ご挨拶廻りをしていた時、あるお店の店主が話し出した。

「お宅の次長さんは気っ風がいいですね。部下を連れて大盤振舞で呑みに来てくれますよ」ここでも又知らない一面、隠れた行動の一面を知ってしまったのである。

この時を機に次長さんの見方を少し変えるようにした。評価を少し厳しくした。そのせいかどうかは知らないがその次長さんは支店長にはなれなかったが、しかし無事退職まで勤めている。定年退職後は時折、会うこともあるがそんなことはお互いに知らないことである。しかし私は随分と気にしている。私のせいで支店長になれなかったのではないかと。しかし今ではこれでよかった、正しかった、もし支店長になっていたら、裏の性格が強く出た時失敗して退職に追い込まれていたかもしれないと取り越し苦労をしている。

もう一人の部下の渉外係の人について触れてみる。彼はおとなしく目立たないが真面目でこつこつと仕事をする人柄であった。時々その人に会うことがある。ゴルフを一緒に廻った時、二人の幼馴染の一人が「マーチャンはスイングがいいな」と言えば相手のユーチャンは「うまいな」とほめ合っている。二人は信頼し合いながらゴルフを楽しんでいる。相手の良い所だけを見て、決して悪くは言わない二人の会話が心に残っている。

私は当時この人のこういった人柄の良さには気付いていなかった。

人の隠れた良さを見つけ出すことも大切であることを知る。

人は短所を見抜くのは早いが、長所を見つけるのは意外に下手である。これからは短所より、長所を見つけ出す人になりたいものである。

人の良い点を多く見つけ出すことの方が難しいものである。

すべての人が自分の周りの人に対して、お互いによい所を見つけ出してその良いところを見る目を育てていけば、住みよい世の中になるのではないかと思う。特に夫婦生活の円満の秘訣になるのではないか。

人は意外に相手の欠点ばかりを見て、長所を見ようとしない、私がそうである。今では毎日良い点だけを見て、数え上げて生活している。お蔭で私達夫婦二人も少しずつスムーズに会話が出来、円満な生活が出来るようになった。楽しいことではないか。私はこの夫婦のあり方を通して、男と女とは、夫婦とは、更に家族のあり方が今のままでよいものかもう一度考え直してみるのもよいのではないかと思う。いや是非考えてみてほしいと常々に考えている。特に今ここで、男と女の役割について真剣に考えてみる時が来ているのでは。

## その３　過ぎたるは及ばざるがごとし

新店舗開設の時一緒に仕事をした支店長代理さんについて書いてみる。

店の新設開店には新進気鋭の職員が配属されるのが通例である。この代理さんは成績も上げ、人付き合いもよく、部下の面倒見もよく将来は伸びる人と見ていた。ただ一つ気になることがあった。

仕事熱心からお客様を大切にするあまり、お客様の内側に入り込んでしまうことが多く、気になっていた。たとえば日曜日でもお客様の家族と一日中一緒に過ごしたり、お客様の家族旅行なども一緒に行く。こうしたお客様との付き合いを私は是《ぜ》としていなかった。

彼は暫くすると次長に昇格して転勤した。その後もこの人の行く先の行動を注視しながら観察を続けていた。何年か過ぎると彼の名前が名簿から消えていた。悪い予感が当ったのかと考える。いつかは失敗する行動、考え方をする人と思って観察してきた。

残念である。やはり〝親しき仲にも礼儀あり〟であろう、特に仕事においては、公と私の区別の出来ぬ人はいずれ失敗する。

私はその時、その代理さんには何の注意もせずすましている、今思えば上司として一人の部下を見殺しにしたことになる。

人の教育とは隠れた小さな所にもあるものである。時には言うこと、注意することの勇気も持たなくてはいけないと反省している。

特に人の上に立つ者は、言うべきことはきちんと話して、「公私の混同はいけない、けじめをつけよ」と一言、指導しておけばと悔いている。

## その4　ギャンブル好きな人、金融マンには不向きな人

ある内務次長さんの話、私の上司であるこの人は表面的には真面目で大人しい人である。信用の出来る人として私もよく相談にのってもらっていた。その人がある日、私が営業に出掛けようと通用口を通りぬけようとした時、その次長さんが人目を避けるようにトイレの片隅で小さな小包をかかえて、その包みに耳を寄せている。何かを聞いている。小さな声が聞こえてくる。おやと思ったがその時はあまり気にすることもなく営業に出た。

秋になると本部の定例検査がこの店に入った。この時次長さんの席が一番初めに調査された。この次長さんの机の席、引き出し、車の中の持物鞄など、徹底的に調べている。この時代は景気も良く、会社、個人店主など誰もが積極的に架空名義預金を作って、所得をごまかしていた。それに便乗して営業マンも成績を上げるため架空預金を作っていた。

この次長さんも顧客からの信頼を得て架空預金作りに精を出していた。ところが次長さんは金に目がくらんでいた。自分で作った他人（お客様）の預金を使って自分も株の値上がりでひと儲けしようとした。次長さんは自分の手元に預金証書、印鑑も持っていた。それを使って自分で勝手に借り入れをして株の売買資金の運用に廻していることが発覚したのである。

こうして次長さんは一瞬の内にこの店から消えたのである。


その他にもこんな例がある。

ある営業マンはお客様から大金を預かる。帰店途中に魔のさすことが時にはある。この鞄の中のお客様の金を一寸だけお借りして、競艇、競馬で一穴当て、小遣いを稼いで、後は元に戻せばだれも知らないこと。こうして一度、その味を知った人は必ず二度、三度と同じことを繰り返して知らず知らずの内に深入りしてゆく。一度失敗すると自転車操業のように次から次へとお客様のお金をやりくりして廻すことになる。ここまでくるとすぐに事件として発覚する。そして職場から消えてゆく。

当時はこんな人を沢山見てきた。あまり表には出ないが静かに自然に消えてゆく。今はとても管理もしっかり出来て、そんなことの出来るすき間はない。だから不幸な人も生れていない。

ちなみに私は入社した時、自分自身に誓ったことがある。
一、金は自分が給料として受取ったもの。
一、お客様から預かった金は大切な商品、絶対に金と思ってはいけない。
この二つの誓いを財布に入れて守ってきた。随分と大金を扱ったがお金と思わずに済んだことは誓いのお蔭である。

金はうまく使えば幸せになれる。悪く使えば地獄に落ちるのである。よく肝に銘じておくべきである。

# 二、経験は人を育てる

## 1 初めての覚悟 ——酒に呑まれたら終り

私は四十五歳で漸く支店長に昇進することが出来た。辞令を受け取ったその日から心に誓ったことがある。酒で悪酔いしないことである。私は今までにも随分と酒で悪酔いしては同僚、先輩上司に迷惑をかけてきた。又、酒で失敗して職場を退《さ》らざるを得なくなった人を数多く知っている。だから酒で失敗する恐さを充分知っていたから一番初めに酒で失敗しないように決心した。仕事上酒は呑まざるを得ない。呑まないか又は酔わないようにすることとしかない。そこで自分自身に誓いを立てた。〝酒は呑んでも呑まれるな〟である。そのために毎日、晩酌の時に酒一合、ビール一本、焼酎一杯、ウイスキー一杯を一時間かけて呑む。合せ呑みしても酔わないようにする訓練である。今まで酒類をチャンポンで呑むと必ず悪酔いしていたからである。

こうして酒に呑まれない訓練を一ヶ月程続けると混ぜ呑みしても酔うことはなくなった。当時の支店長には酒の席は常にある。百人程度の宴席ならばすべてのお客様の所にお酌して廻っても平気でいられるようになった。それでも時には酔うこともある。その時はトイレに行き腹の中のものをすべて出してしまう。そして知らぬ振りして席に戻る術も覚えた。

〝酒は百薬の長〟ともなれば身を滅す気狂い水ともなる。人の長たる者は酒の怖さを充分承知しておくべきである。

私は八十歳の今も酒を楽しんでいる。でも妻は今でも「酒呑みは嫌い」と言っている。酒を呑みすぎると今でも時折怒ったり、声を大きくしたりする。妻はそれが嫌と言う。仕事では辛抱出来ても家庭ではつい気がゆるみその本性が表れてしまうのであろう。性の悪さを我が身に感じている。今も懺悔の日々は続いている。お酒を呑まない人には、呑む人の心は理解出来ないようである。それはそれで受け入れて、毎日おいしいお酒は呑みたいものである。少しずつ美味しくお酒を呑むこつも覚えてきた今日この頃である。

酒は百薬の長になりつつある。

## 2 貸すも親切、貸さぬも親切

銀行員によく投げかけられる言葉に「銀行は雨の日に傘を貸さず、晴れた日には傘を貸してくれる」の言葉は一番嫌な言葉である。よく考えてみると決してそうではない。

或る支店にいる時、同時に二人のお客様から一億円の申込みが出された。一人の人には断り、もう一人の人に融資をしたことがある。当時は経済成長の真盛り、株は買えば上がるものと思い込む程株価は上がり続けているその時代の最中の出来事である。

二人の農家の方から同時に一億の融資枠（一億円の範囲内でいつでも借りたり、返したり出来る）の申込みである。

初めに申込みのあったAさんは資産家で土地、建物に他の資産も十分あり、もし株式投資に失敗したとしても、本人や家族が困ることのない程の財産持ちの人である。断れば取引がなくなる心配もある。当然融資には担保を入れていただき保全を計って融資する。

もし株に失敗しても当店の損出は出ない。もう一人のBさんは自分の住んでいる家、屋敷を担保に入れて借入れしたいとの申込みである。

Bさんの場合はもし万一、株に失敗すれば担保に入れた家、屋敷を処分して返済していただかなくてはならなくなる。そうなれば家族は路頭に迷い、更に不幸のどん底に落ちてしまう、それは道義的に出来ない。だから仕方なくお断りした。この二人のお客様について考えてみる。

私は株で儲けようとする考え方自体があまり好きではない。

しかし、貸し出しすることが銀行の仕事である。

失敗しても困らないAさんには貸すことにした。断れば取引がなくなるからである。Bさんの場合はもし失敗でもしたら家、屋敷を処分して返済してもらわなくてはいけない。私も担保処分してまで回収を計るのは嫌である。そんな理由づけをして貸し出しを断った。

一年後、株式は大暴落した。資産家のAさんは他の資産を処分して借入金をすべて返し、株をやめた。普通の農家で敢えて貸出しを断ったBさんからは貸してくれなくて本当に良かった、お蔭で家族が救われましたと感謝された。これは借りていただいて喜ぶ人と困る人の例である。

一方Aさんからは支店長の言うことを聞いておけば良かった。天気の良い日に傘を借りた人と聞かされた。一方雨の日に傘を貸さなかった人には断って感謝され、貸し出しを受けて反省の言葉を口にする人がいる。ここに〝貸すも親切、貸さぬも親切〟の言葉の意味があるのではないか。

よく本当に困っている人にも貸してくれないと陰口をたたかれるが、それはその時の事情、状態によって判断と結果が変わってくる。その時に貸し出しさせていただいた融資が生きるかは貸出されたお金が生かされるか、死ぬかによって、親切にもなりあだにもなる。それが貸すも親切、貸さぬも親切の分かれ道になるのではないかと思う。

ご融資させていただく時、どれだけ真剣にその企業、商店のことを考えて、又考えただけではだめで、どれ程その企業と経営者をよく理解して融資を実行して、その貸し出されたお金がどれ程、本当に生かされて使われているかである。ここに金融マン（貸す人）の能力の差が表れる。

融資した相手の人、企業に喜ばれ、又お断りした方からも感謝されるかどうかである。では私はどれ程の人に喜んでいただき、又はうらまれたり、にくまれたりしたかと人生を振り返り思い出してみる。仕事の多くは正しかったと思っている。

貸し出すお金をうまく利用出来る企業には貸すが、貸し出したお金を生かすことが出来ないと判断した悪い企業には貸さないと置き替えてもよい。融資する時は、人を見る目、企業内容の分析力、経済の情況判断を的確になすことが要求される。

時には人の命にもかかわることも知っておくべきである。

借りに来る企業さんの方も借りてよいか、悪いか、よく自分で判断してから申込みに来られるように願いたいものである。

今は時代が大きく変わり、銀行そのものの存在意義を考え直さなくてはいけない時代に入った。

お金を集めて、それを貸して、支払う預金利息と貸出しで得る金利差で利益を上げるのが銀行業務の柱となっている。今の経済の仕組では預金は集めても、国の国債か何かで運用、又は手数料収入でしか利益を生み出せない。この先はあまり述べないでおく。

大きく時代は変遷しているとだけ一言述べるだけにとどめておく。

一言、これからは総合金融商社を骨組とした金融形態を念頭に置いて、その活路を求めてゆくことになるであろう。

## 3 本店某課招聘に拾った運

支店長の仕事にも馴れて、仕事が板についてきた頃、本店某課の常務さんが私のいる支店近くの病院に来た折にこの私の店にも立寄るようになっていた。

支店に寄る前の日に、必ずその課の課長から電話が入る。それは「明日の食事はさっぱりしためん類にして欲しい。昨日は脂っこい食事であったから」と昼食の好みの注文である。そのような昼食を一緒にする機会を通じて次第に打ちとけた会話が出来るようになっていた。

そんな或る日の昼食の後、課長から「石原さん、私の課に来てくれないか」と突然の話である。本店で、しかも私が行って仕事をしたかった課である。この仕事は夢に見る程のポジションである。

即座に「お願いします」と喉まで出かけた。しかし一瞬今のこの課にはきな臭い事件がふつふつと湧き出していることも巷の噂で耳にして聞き知っていた。

私は考えながら答えた。「是非お願いします。但し貴方の課には問題が色々あるようですから、この問題を徹底的に解決し綺麗にして、明るい職場に改善する覚悟でやらせてもらいます」とつけ加えた。

この言葉を耳にした二人は顔を見合わせた。その日を境にしてその課へ来ないかとの話は全く消えてなくなった。

暫くするとその課内で刑事事件に近い問題がくすぶり始めていた。課長の動きが激しくなり常務さんは身をひそめた。

あちらこちらから怪情報が私の耳にも飛び込んでくる。

課長さんは何やら有力者役員の所に何かの依頼の策に奔走している様子が次々と耳に飛び込んでくる。

いよいよ、終末に近づいたかと思った頃には常務さんは即退職し、課長さんは行方不明のまま会社から消えていった。私はその実態のカラクリの大筋を知っている一人であるかもしれない。

あの時、あの課に行っていたら、重い責任を負わされて今はどうなっていたか、わからない。

ぞっとする思い出が残った出来事である。

この事件は表に出ることもなく、何となく煙のように消えていった。不思議である。表面に出ることはなかった。

世の中にはこのように、表に出ることもなく消えてゆく、人生を左右する大きな不正な事柄でも消されてゆく。

その蔭には消えてゆく人の悲運と残る人の運命が隠されている。人生の厳しさと激しさを織り交ぜて人の運、不運は生れては消えてゆくのが人の常。この現実に出合った私は実に身の引き締まる思いがする。

この時私は又一つ幸運命の道を拾っている。

あの時とった行動は、決断が正しかったのか運が良かったのかわからないが、そこには情報力、情況判断、現場主義、人物判断、色々な条件が入り交じって、私は正論を述べることによって我が身を救ったと思っている。その時、欲の方が強く働けば、その欲のわなにはまっていたかもしれない。物事の判断に欲を交じえてはいけないことをしっかりと感じさせてくれた事件なのである。

その時々の判断と決断が気付かない内に人の運命を左右しているものである。だから常日頃から正しい心を持つことを身に付けておくべきである。

常に徳を思い、利他の心を磨いておくことが大切である。

## 4 粉飾決算

これは或る大手自動車会社の車の内装品を製造販売する会社である。年一回、決算時期になると必ず一億円の借入れの申し込みに来る。優良会社の一社として取引いただいている。借入れの申込みをする時、必ず二つの決算書を提出する。一つは銀行用、もう一つは本社用で、この二つの決算書の一つは借入を説明するための粉飾決算書である。

本社提出用の粉飾決算書には年二千万円の利益しか計上されていない。本当という銀行用の本当の決算書には一億円の利益が計上してある。この二つの決算書を持って一億円の借入に来店する。借入れの申込みには一億円の利益が二千万円に圧縮した本社用決算書で説明する。一億円借りるために作られた決算書である。もう一方の決算書は一億円の利益を計上し、銀行預金も合計十億円以上ある。実際の取引は預金ばかりであり、借入れすることは不要な会社である。資金繰り上の借入れとして申込みが出される。断る理由もない案件である。

本社に提出する粉飾決算書は毎年少しずつ諸経費を上げて目に見えない形で巧妙に利益を圧縮している。そうでないと利益が出てしまう、利益が多ければ本社の会社側から仕入値を下げるようにせまられてしまう。決算書はすべての科目の経費が少しずつ上乗せしてある。全体として経費を底上げして利益を圧縮している。こうして本社からの値下げ要求を防いだ上で利益を計上している。

結果として自社の製品を高く売りつけて利益を確保している。こうした緻密に仕組まれた決算書はこの会社の経理部長さんにしか出来ない術である。もちろん社長さんも理解出来ていない。それで会社は廻っている。

今はその経理部長さんは亡くなっていると聞く。その後、この会社のことは耳に入ってこない。しかし今でもこの会社の決算書は記憶に新しい。税務署もこの決算書の裏技は発見出来ていないようである。問題とするのは銀行に提出された粉飾決算に基づいて毎年一億円の融資を実行した私の判断と行動である。

その時には貸出しすることの方が優先して、悪と善の判断を見失っていたことである。この行為は不法行為であり、法律違反でもある。してはいけないことと知りつつも社会の裏側では類似した例は山ほど陰には沢山あることも知っている。世の中を生き抜くにはこの清と濁を併せ持ちながら生きてゆくしかないのである。〝清水に魚棲まず〟である。私自身も納得出来ないが納得しなければ生きてゆけないのがこの世の中である。私はそのように考えている。

世の中は綺麗事だけでは通用しない。それは生真面目な人間には生き難い世の中でもある。

清規《せいき》と陋規《ろうき》をよくわきまえた人程、〝悪いやつほどよく眠る〟の社会の中で生き抜くことが出来るのかもしれない。

## 5 時はバブルの真っ盛り

時はバブル経済の真っ盛り、各金融機関の支店長もトップセールスを盛んに行っていた。当然のこと、私も新しいお客様との取引を求めて新規開拓に毎日奔走していた。その時、目にした出来事である。

私が売り込む融資は、最初は五千万円からと決めていた。自分の能力と万一失敗した時に会社にも大きな損を出さないために自分自身の心に決めたことである。

或る日、お客様の事務所で融資の売り込みの話を熱心にすすめていた。そこに或る都市銀行の立派な支店長さんが割り込んできた。

私とお客様の話の中に割り込んできた。信金の支店長など眼中になく馬鹿にした行動であった。私とお客様の会話に割って入りその支店長は言う。

「私はすでに一億を融資して、一億円をこの通帳に入金して持参している」

と言って通帳を広げて見せた。続けて、

「ここでこの手形に一億円と書き、契約書と申込書に記入していただければ後のことはすべて当方で行います」

と言って、今度は胸の内ポケットから一億円と印字された約束手形を出してお客様に署名を迫った。

私は一瞬あ然とした。自分の目を疑った。これが都市銀行の手法かと。これでは勝てるわけがない。しかし現実にこの目で見たのである。こんな無茶なことがまかり通っている。とても常識では考えられないことであるがバブルの時代には現実に行われていた大手銀行の支店長が行った手法である。これは出来る支店長の単独犯と見ている。時々によって、清規、陋規は動くのであろうか。いや今も犯罪である。この金融機関どうしの乱れた競争はバブル期が終ると自然に消えていた。その代わりに大手金融機関の合併、中小金融機関の合併も始まり、有名大手銀行も名前を変えて消えていった。私が夢みた大手銀行も消えていた。その友も消えていた。こうして時代は移り変わってゆく。

今は令和の時代、資本主義経済の仕組にも少しひずみが見え出してきた。実体経済も先を見通すことの出来ない、方向性のわからない不透明な時代に突入しているようである。政府も所得倍増計画を打ち上げたと思ったら資産倍増計画に変わっている。特に長く続くゼロ金利政策では金融機関は存続出来るわけがない。利潤と便利さのみを追求した経済の仕組にも多くの問題が出てきた。これから先の経済活動とその仕組のあり方がどのように変わり、動くのか心配である。

私には時代の歯車は逆回転し始めてくる予感がする。何故かを少しみんなで考えてみたい。

現在は何となく昔の経済の仕組に一部戻っている気がする。小型出店販売、屋台販売、出張販売など、便利さの追求の行きついたところが不便さの中の便利に戻りつつある。対面販売で心をつなぎ、訪問販売で不便さをまかない、相互扶助で助け合い、人情を求めて人が集う場を作る。何か社会の歯車は逆回転している気がしてならない。私は思う今必要なものは不便さと清貧の心と人の心の豊かさであると。

そして私は知りたい。国の借金一千兆円余はどのように返していくのか、その道筋を示してほしい。この国はいったいどこに流れてゆくのか。自由と平等の社会の中でも声を出すことも出来なくなっている。これでよいのか国を憂うる心は増すばかりなのは私だけであろうか。

## 6 資産査定の日

企業は年一度決算書を作成して会社の内容を開示する。金融機関も年に一度、各支店と本店は金融庁の査定を受ける。各支店も同じように預金の内容や融資された金が適正に実行運用され、回収がきちんとされているか、担保は適正であるか、貸出しされた金が確実に回収出来ているか、融資条件は適正に守られているか、回収出来ずに不良債権となり固定貸付になっているものはないかなどについて一つ一つ指摘、評価される。それぞれの受けた支店評価の合計がその銀行の内容の良し悪しとして評価され、世間に公表される。金融機関としては一番気を使う時である。支店が検査を受ける時一番困るのは担保の不足や、貸出した融資が条件通りに回収出来ていない時である。どの店も一番苦労する。最終的には何か理由付けをして検査官に納得してもらうのである。ある意味では支店長の知恵と腕の見せどころである。支店長と検査官の知恵比べでもある。

査定の日には支店長と融資課長の二人で本店に設けられた査定室で査定を受ける。前日には大きなダンボール箱四箱程度の準備した資料を査定室の指定された席の横に置き、査定は朝から始まる。その日に出来なければ翌日になることもある。当日はあらかじめ準備された大広間に指定された席で査定を受ける。一度に五店舗が検査を受けることになる。席に着いて待っていると九時すぎに検査官が並んで部屋に入る。それぞれの担当の席に着き、名刺交換と自己紹介をする。それが終るとすぐに査定作業に入る。緊張感のただよう一瞬である。支店長が書類の内容を検査官に説明をする。融資課長は求められた資料を手ぎわよく差し出す。支店長はその資料にもとづいて説明をする。

大半は問題なく進むが大口の融資先になると査定は厳しくなり検査官も時間をかけて攻めてくる。半日かかる案件説明の先も出てくる。十億以上の大口貸し出し先案件に入る。担保の査定、融資条件の履行に問題のある企業先の査定に入る。この貸出先が不良債権となれば私の店も一気に不良店舗に転落してしまう。

どうしても正常案件として説明して乗り切らなければならない企業先である。一番問題となるのは担保物件の十万坪の土地の評価を坪一万円で評価している。融資を実行するために土地を高く評価して担保を十億円となるように水増しして融資を実行している。路線価は五千円である。しかし検査官には坪一万円の根拠を説明して納得してもらう必要がある。そのために現地に出向いて現場で良い条件のみを集めるのである。近くには大規模な花公園がある、工場団地が近くに来る、山の下には幹線道路が出来る計画がある、更に担保物件は造成されて工場用地、駐車場、倉庫用地として売却出来る条件になっている。よってこの土地の価値は坪一万で十分評価価値があると説明して、何とか不良債権先となることから外すことが出来た。こうして査定も無事に終り一年を通じての最大の行事も無事に終る。

この査定の時に過去に融資した企業の良し悪しがわかってしまう。時の支店長の力量が表に出てしまう。常に正しい姿勢で融資をしておかないと後日とんでもない目に遭うこともよくある。支店長としてはよく心しておくべき事柄である。その場さえ良ければの考えは通用しないのである。いつかは恥にさらされることになる。常日頃の対応や、しっかりした考え方が必要である。

この時の支店の査定に当ってては本部も大口先が不良債権に指定されては大変であるから、支店長が説明に困ると審査をした担当の者も出て応援に当る。これは支店長のマイナスである。査定を受けるための準備は一ヶ月程かけて準備をする。この査定は支店長の力量も一緒に査定されるから大変である。今の時代はどのように査定を受けているのか知ってみたい気持にもなる。

## 7 冤罪はどこかで起きている

新聞紙上でよく冤罪（無実な人が罪となる）についての記事が報じられています。私自身の経験から冤罪は常にどこかで作られているように感じている。

ここでは或る支店で冤罪に似た経験を通じて私が感じたことを少し書いてみる。

新しい店舗を開店させる時は人手不足をおぎなうために本店から事務に不馴れな応援要員の力を借りて新店舗を開設する。応援に来てくれる人はその時だけの仕事であるからあまり責任感はありません。ただ手伝いに来ているだけですから、自分の仕事に対する責任はあまり持っていません。この応援職員の発行した普通預金通帳には口座番号を入れずに発行したお客様がいました。その発行された通帳は運の悪いことに地元暴力団の組長宛のものでした。この通帳は暴力団仲間で作る頼母子講で落ちる金を入金するために作成したものでした。今回はこの組に頼母子講が落ちる順番の日なので組の子分が組長に代わって東京まで出向いて、落札会場で落札された金七百万円を入金してもらうため通帳を提示すると、口座番号のない通帳には入金出来ないという理由で断られて怒って真赤になって帰ってきました。

翌日には三人の組員が来店して大声でわめいて威しに入りました。この場合はこちらに誤りがあるのでただ謝るしか手はありません。相手は要求が何かとは決して言いません。とにかく本部と警察に連絡し内容を説明して応援をお願いしておきます。毎日二人の組員が店に来ては脅します。脅されては謝る、その繰り返しの日々が続きます。一週間も過ぎた頃、次は組事務所に出向くように電話が入ります。この時の支店長さんは本部から来た人で営業店のことはあまりわからないので仕方なく責任者として私が出向かざるを得ません。事務所に行くと奥は普通の住まいになっていて座敷横の廊下に正座で座らせられます。先ず私はお詫びの挨拶をする。相手は初めから「どう落とし前をつけてくれる」と威すが具体的には何も要求をしません。こちらからいくら金が欲しいのかとも聞けないから、黙ってただ謝るだけである。要求は金であるが金を払えとは決して言わない。脅迫罪になるから。そんな問答の中でそちらの要望はと切り出しても答はない。この繰り返しである。

いつも二人の男がいて一人は威し役、あとの一人はなだめ役、ドラマで見る刑事の役と似ている。一人はいつも出刃包丁を手に嚇す。もう一人はおとなしく「どうだ、もういいかげんに手を打てや」、又一方は「お前を殺すことなどわけもないこと」と嚇しをかけてくる。この繰り返しである。

このやりとりが数時間も続くと、しかも正座させられたまま、足はしびれ、頭は疲れて、ぼんやりとしてくる。何となく思考力が体から抜けてゆく、そんな状態が長々と続いている時ふと思ったのである。世間の冤罪について。

冤罪は連日連夜二人の刑事さんが入れ代わり立ち代わっては一人の罪人を責めたてる。相手は入れ代わり立ち代わり多勢で夜昼となく責めまくる。受け答えするのは罪人とされた人、一人である。

くる日もくる日も薄暗い取調べ室で、目に突きささるようなライトを目の前に向けられて責めまくられれば疲れは極限に達しているはずである。何となく頭がもうろうとしている時に「やっただろう」と不意を衝かれて嚇されると自分では知らぬ無意識の内に「はい」と答えてしまうこともありえる。一度認めてしまえば後は取り消し出来ない。今「はい」と認めたではないか。取り消しがきかない、こうして冤罪は作られてゆく可能性もないとは言えまい。冤罪が作られる場合も時にはあると私は勝手に思ったりする。

私の場合はそんなことも頭に入れて途中から警察とも連絡を取りながら組事務所に出向く。ようにした。その時はポケットベルに呼び出し電話が入るようにした。電話が鳴る。電話に出る。すると組員は「何の電話か」と聞いてくる。すかさず、

「警察からです。身の危険を感じていますので店を出る前に警察に守ってくれるようにお願いをしておきましたので心配して警察から電話を入れてくれたのです」

それを聞いたヤクザ屋さんは顔を見分して仕方なく解放してくれる。

それからは事務所への呼び出しはなくなった。少したつと今度はいつもの組員とごろつき新聞記者の二人が店に現れた。怒る二人を応接室に通して、お茶を出し、相手の顔を見つめたまま黙っていると組員の男が「なあもう手を打たないか」と切り出してきた。「手を打つとはどういうことですか」と聞き返してみると相手は人指し指一本を示す。私はとっさに金の欲求かと判断した。一千万円くらいの欲求かと考えながら「一本、百万円ですか」と聞くと首を横に振った。意外である。一瞬迷った。そして間髪を容れず又相手は人指し指一本をしっかりと示した。一千万とは答えられないから次は思いきって「百万円ですか」と開き直って聞いてみると又、首を横に振る。そして続けて又同じように人指し指一本を私の顔の前に突き出す。今度は答がないのでこちらも破れかぶれで恐る恐る「一万円ですか」と答えてみた。なんと意外にも男は首を縦に振ったのである。私は一瞬、嘘か間違いかと思った。気を取り戻して耳を疑いながらもう一度「本当に一万円ですか」と聞き返してみた。間違いなく目のきつい男は首を縦に振っている。今度は私が困った。今回の事件はすでに本部、警察に連絡がしてある。私一人では結論を出せない事案になっている。先ず相手の要求を本部に連絡して答を待つ、そして一万円の申請を出して支払うのが筋である。そんなことをしていたら又、相手を怒らせてしまう。私はここが勝負と自分で解決する決断をした。

相手を怒らせては元も子もない。ここは自分が始末書を書けば済むこと、独断で判断して、決断、実行することにした。私はすぐに胸に手を当てた。胸の財布には確かに一万円は入っている。決着をつけるのは今しかないと心を決めた。再度念押しに「本当に一万円でよいのか」と私も相手に語気を強めて聞き直した。間違いなく首を縦に振っている。それを確認して即座に胸の内ポケットの財布から一万円を出して、裸のままで一万円札を突き出した。相手はそれを無雑作に受け取ると顔色を変えることもなく静かに店から消えていた。

すぐに本部にことの次第を報告し、警察にも連絡をすると、どちらも「すんだか」で終りである。本来であれば現金は勝手に渡すことは出来ないし、一度本部に申請を出して、協議、審査をした上で承認を得て支払うのが順序である。これは成功したからよいがもし失敗して話がこじれれば何故勝手に判断し、行動をしたのかと重い咎めを受けて始末書を取られて、転勤の憂き目にあうのが落ちである。

世の中とはこんなものである。成功すれば良いが失敗すればつめ腹を切らされるのが世の常である。あれだけ本店まで巻き込んで大騒ぎとなった事件が何もなかったように終ったのである。

今回の事件で二つのことを学んだ。一つは人間極限状態に追い込まれるとやってもいないことでもつい「はい」と答えてしまうのではないかという疑問と、規則、条例に反した行動でも成功すれば許されるが失敗すれば規則通りの処罰が待っているということである。

ここでも私は運のよさと、決断と結果が良ければ世の中は通ることを学び知ることが出来た。新聞などを見ているとよく一部の証拠だけで、人は罪人として判決を受けていることもある。証拠不十分ならば不起訴でも仕方がない。しかし被害者側は不満となる。人を裁くことは難しいものである。特にこれからの裁判官は次々と法律や条例が上程されて出来ており、判例なども読む暇もなければ、犯罪の内容が電子化し、無形化してくると法律の手の届かない所で犯罪は行われて、今の裁判制度では追いついてゆけないのではないか。疑問になる。人はついに人間の考え出したこと、作り出した物に対して、良いか、悪いかの判断を法律では裁き切れない所にまで近づいてきているのではないかと他人事ながら心配になるのは私一人だけであろうか。世間は世の中の出来事に無反応になり対応出来なくなる日も来るのではないか。そんないらぬ心配もしている。こうした考え方をするのは私だけであろうか。

## 8　上場する会社の裏表

昭和の終りの時代には時流に乗った小さな会社が次々と上場して立派な会社へと変身していた。流行のように名もない見知らぬ会社が次々と上場会社へと育ち変身してゆく。多くの会社は皆自分の会社も上場することは夢ではないと考えていた。

その最中、私の開拓した小さなＩＣチップ関連の部品を製造する三億円程度の年商の小さな会社と取引を始めた。

この会社に初めて融資を売り込んだのは五千万円である。しかも担保付融資である。三期の決算書を徴求して審査してみると、事業計画書では五年後には上場を計画するとされている。上場する時の資本金五億円、売上高五十億円と計画されている。

私はこの計画書には相当な無理があると想定した。先々のことまで理解することは出来ないが先ずは一〇〇％保全を計って五千万円を融資した。並行して都市銀行も参入して信用貸付で融資をどんどん売り込んでいた。一年後にはこの会社の資本金は一億円となり、その資本金の元はすべて大手銀行の貸出金で増資されているように思われた。予定通りに売上は伸びている。

この会社の社長は三十一歳、経理部長さんは北海道から出てきたという真面目な人である。私はこの信頼出来る経理部長さんから他の都市銀行が情報、上場に向けての準備、計画の内容などを指導していることを聞き出していた。経理部長さんはもうここまで来ると私の手の届かぬ所で上場計画が進められているとも言っている。この時にはすでに上場する時の株価、資本金、売上、利益は想定されている。この段階に入ると証券会社も銀行も会社と同じように創業者利益を受けることが出来るように計画し、事は進められていたのではないかと勝手に推理もしていた。唖然としている。暫くすると大きく開花し、繁栄した日本の経済はバブルの崩壊の道を辿り始めていた。

暫くして会社訪問をして経理部長さんと話をすると何となく歯切れが悪い、この時一瞬不安が脳裏を走った。会社はすでに窮地に追い込まれていた。数日後、この会社の経理部長さんから私に電話が入った。「会社は倒産する。私は北海道に帰った」と北海道からわざわざ電話が入った。

倒産する前に倒産の予告を受けたのも初めてである。電話が入った翌日には会社は倒産した。私はすぐ債権回収に気配りした。五千万円の融資は会社の社長の不動産を担保として貸出しをしている。貸出した金はすべて回収出来る。安心をした。会社が上場するまでには銀行、証券会社がうまく係わり上場の準備が進められたのか、中小企業が上場する場合はあまり経営者も経理担当者も理解せずに進められている一面を知ることが出来た。こうして銀行も証券会社も大きな損を出しても何もなかったように動いている。何か不思議な感じである。経済学と実体経済とは違うことを目の当りにした。ここでは上場するまでの会社の裏表を学ぶことが出来た。

昨今では何十年、何百年と続いた歴史のある老舗の会社が静かに社会から消えてゆく時代である。同じように日本の古くから続いた伝統文化、芸術、芸能、習慣、祭りなどが人目もつかぬように一つ又一つと消えてゆく時代でもある。人々はその消えてゆく文化の大切さに気付かずにいる。実に寂しい限りである。一度失われた文化を取り戻すことは難しいものである。今人類は岐路に立たされているような気がする。一方では時代は逆行しているようにも感じ取ることも出来る。社会のあちこちでそんな変化のきざしが見られる。又いずれ清貧と不便を旨とする時代に戻るのではないかとここでは疑問の一石を投じるだけにしておきたい。

# 9 暴力団対策 ——もちつもたれつの時代

私の時代にはまだそれぞれの町に必ずといって良い程地元暴力団がいて幅をきかせて町の裏社会を仕切っていた。夜のネオン街を守るみかじめ料、祭、行事などの時店を出す露店を仕切るテキヤなどに銀行もよく迷惑を受けた。銀行に来て口座を開いて小さなミスを見つけては脅しに来る。私もそれに対応した。

脅しに来店してもミスがなければ奥の手を使う。私の使う奥の手とはどなり込んできた組員さんには丁寧に対応して応接室に通す、お茶を出す。そのお茶を出す時には必ずテーブルの隅に器が落ちやすいように置く、常に訓練してある。こうしてお茶を出す。

次は相手を怒らせるように応対を敢えて悪くする。当然のこと相手は怒り、次第に興奮して床を蹴ったり、テーブルを手で打ったりする。更に怒らせると相手は怒って足でテーブルを蹴る。テーブルを蹴れば前もって落ちるように用意されたお茶碗は当然床に落ちて大方は割れる。この時である。「器物破損です」と叫んで職員に「警察に電話を入れなさい」と大声で叫ぶ。これで大方の暴れん坊さんは「お、俺はそんなつもりはない」と言って退散してしまう。

それでも頻繁に店に来て嫌がらせをする組員さんもいる。そんな時は警察署に出向いて、「身の危険を感ずるから」と事情を説明する。そうして出来るだけ数多く暴力団事務所の巡回をしてもらう。そうするといつの間にか脅しは収まる。

更に時には地元の暴力団の居場所、内容も前もって調べておくことがある。その情報を得る度に足しげく警察署に通い、こちら側の持っている情報を細かく報告提供する。特に署長、次長、防犯課長さんとは仲良くする。お互いに信頼関係が出来るといつの間にか何となく暴力団関係者の名簿らしきものが机の上に置かれることがある。暫くするとその書類をその場に置いたままトイレに行くといって応対者の姿が消える。なかなか戻ってこない。置かれている書類に目を移す。暴力団関係の資料か名簿のようである。早く写せの合図と勝手に解釈して手ぎわよく必要な個所を写し取る。暫くすると帰ってきて又、元の話に戻る。

何となく書き取りましたと表情で挨拶をする。この資料が後で大変役立つのである。たとえば組員さんが普通の人として借り入れの申し込みに来店する。担保を入れて借り入れしたい。その担保物件は前もって調べてあるからその物件は担保物件としては不適ですと言って断る。又、商品仕入資金として申込みに来ると「お宅ではそんな品物は扱っていません」と言って断る。相手のことが調べてあるから何となく相手を怒らせることなく、うまく断ることも出来る。

　これは前もって準備された情報のお蔭である。そうした情報のお蔭で随分と救われている。こうしたことは今ではとても出来ない、この時はもちつもたれつのよき時代であった。今のような情報社会にあっても本当に必要な情報は入りづらい。人と人との交わりも希薄になっている昨今である。人の本当の内面を読み取ることは難しい。だから事件、事故は増え続けるのでは。表面は豊かな社会のように見えるが実は人々には何かが欠けていて、いつも不安な状態におかれたままで生活をせざるを得ない人が増えている。

　何故か。今は仮想化社会に入りつつあるからである。人は幸せを装いながら暮しているのではないか。心の内では不安と心配でいつも混迷しながら生きているのではないか。それを救うのは強くて優しい心を持った人を作り育てることの出来る教育にすることが急務ではないかと私は考えている。

　物の豊かさではなく、心の豊かさに教育の重点を置くことが最も大切と考えている。具体的には親孝行、兄弟仲良く、上司、目上の人を敬い、周りの人には思いやり、慈悲の心を持ち、国に大事あれば自分の国を守るため戦いに立つことの出来る愛国心を持った人が多くなることを願っている。

　最近若い人三人と一緒に食事をする機会をもった。生活は三人共普通に生活しゴルフも楽しんでいる。食事をしながら話を進めると、三人とも仕事には情熱がない。毎日が無事にすぎればそれでよい。自分達もいずれ高齢化を迎えることも知っている。それでも将来に備えての夢も希望も目標もあまり明確にはもっていないしあまり準備もしていない。それ程、先を見据えることの出来ない不透明な時代なのかもしれない。

今はくらげのように行く先もなく躍動感が感じられない、ただ何となく毎日を漂いながら生きている人が多くなっている気がする。教える力がないのかもしれない。私は非常に無気味に思えてくる。生きてはいるが胸の鼓動が聞こえてこない。将来に夢や希望を持って生きる若々しさが伝わってこない。ただ何となく不安を持ちながら生きている。いやもしかすると希望をもてないのかもしれない。何か生きる希望にみちた精気が感じられない。何か無気味でもある。

今の人に大切なのは心に希望の光と芯を持つことではないか。それにはやはり教育が必要である。本当の教育とは何かもう一度真剣に考える時ではないのかと思っている。誰にその責任を投げかければよいのか、私は胸を痛めるばかりである。

敢えて書かざるを得ない時期が来ています。それは〝忠孝〟〝愛国心〟をはっきり教育の中で教え育てることと考えています。

## 10 中国に進出した企業の成功と失敗

これは昭和の終りの頃の話である。中国にすでに進出している中堅優良企業の話である。こうした優良会社が中国に進出する時には商社も加わっていることが多いと思っている。この会社は中国上海の大規模工場団地の敷地内に約一万坪の土地を借りて工場を進出させ成功している。仕事の内容は日本から中国に輸入される廃プラスチックを再生させて、新たにチップとして原料に作り替える。その原材料を商社が中国内のプラスチック関連会社に販売して儲けている。会社と商社はもちつもたれつの関係である。この時期成長著しい中国では原料となるチップはよく売れていた。もちろん販売するのは商社の仕事である。お互いに共存関係にある。

或る時、この工場を視察する機会に恵まれた。同社の専務さんと一緒に中国の工場を視察することが出来た。視察出来たのは事務所、工場、大型プラント、立ち並ぶ倉庫群とその周辺にある工場団地の様子である。視察は半日程で終ってしまう。午後からは接待ゴルフを受けた。当時の中国のゴルフ場は出来始めたばかりで設備は粗悪でゴルフ場のコース内は深いラフと雑草の中にある。クラブハウスに着けば、ハウスは小さな木造の小屋一つ、コースを廻るカートは屋外に乱雑に放置されたまま、クラブハウスの中はといえばロッカーは鍵のない木箱の柵箱、浴槽は裸のシャワーが天井から六本ぶら下がっているだけ。下を見ればコンクリートを敷きつめた体の洗い場所だけである。この時はさすがに日本のゴルフ場のすばらしさを感じた。

ゴルフが始まる。一人のプレイヤーに二人のキャディーさんがつく。コースは手入れがしてないから打ったボールはすぐ草むらの中に消える。するとキャディーさんが「ありましたよ」と言ってボールを二つ返してくれる。これが私の経験した中国のゴルフ場であった。今は行ったことがないから知らない。

夜になると商社が手配してくれたと思われる車が迎えに来る。その迎えの車に乗り込む。車は暫くすると海上に浮ぶ海上ホテルと思われる豪華客船の前に着く（先日この客船は外国に売られて移動の最中に沈没したと報じられていた）。船に乗り込むとそこから眺める対岸の夜景はひときわ美しい経験したことのない夜の景色である。その景色をゆっくり眺める暇もなく案内人に導かれて船内の奥の方の席に着く。そこで会社の役員さんと商社の人を交えての豪華な会食の宴を経験もした。まるで夢の世界の饗宴《きょうえん》が始まる。最高の贅沢を味わい、経験をすることが出来た。商社と企業の関係がいかに強いかも十分に知ることが出来た。このように恵まれた会社があるかと思えば、次に記す会社は零細工場が中国に会社を造ることがいかに難しいかを記してみる。

その会社とは義歯を作る小さな町工場である。義歯を作ることに於いては地元でも評価の高い会社である。この会社も時代の流れに乗って中国に工場を造ることを計画していた。

当店に中国へ工場を進出する相談が持ち込まれた。相談を受けても何の知識もない私には判断のしようもない。その時はまだ中国に進出した企業など一社もないからだ。私はただ相手方の相談を真剣に聞くのみであった。しかし次第に計画は進み、地元の有力資産家を交えて来店されて、正式に融資の申込みの相談を受けることになった。一旦お断りはしたが保証人となり、担保も提供するという人は町の有力者である。この人が保証人となるからには断ることが出来ないし、その理由もない。仕方なくこの会社の中国への工場進出計画に協力することにした。工場進出計画の良し悪しも理解することなく、ただ、保証人と担保力を当てにした、仕方なく融資として受け入れることにした。断ればこの有力者との取引がなくなる恐れもあるから仕方なく融資に応じたという悪い、してはいけない断るべき融資の案件である。

中国進出は決定し、一部融資も実行されて、中国での工場の建設はどんどん進められていく。この会社が品質の良い義歯を造っていることは十分承知している。もし成功すれば儲かることもたしかである。しかしそれだけでは中国進出は危険である。中国の風習、習慣、工場建設の仕方、従業員の扱いと待遇、中国の法律、税制、商習慣などを学んだ様子の話は一つも出てこない。この案件は担保と保証人に全く依存した融資で悪い考え方の案件の例である。私はその案件をあえて実行する。時にはこんなことも必要なのであると自分に言い聞かせて決断をしている。ここで断れば立派であるがそれは出来なかった。

工場の建設は順調に進んでいると聞かされるだけで実際の現地のことは何もわからない。機械の据付けで問題が起きて主要な機械の据付けが進んでいないと聞かされる。私の知っている知識では大型機械の据付けには県庁の担当の部長クラスに高級ワインと高級腕時計を、小さい機械は担当の課長クラスにタバコのハイライト二カートンとセイコーの腕時計くらいを用意して、それを挨拶の手土産に持参すれば大概の案件は許可され、細かい据付けの手順も加えて教えてくれると聞いていたのでそのことを伝える。それをすぐ実行したら機械の据付け許可も出て、建設は一気に進んだようである。

工場建設が進むにつれてわかってきたことがある。それは資本金は中国側51%、日本側は49%まで、売上に対して何%かの税金、従業員の宿舎は完備することなど次々と条件が浮び上がってきた。この条件に従って工場を経営すればとても利益などは出ない。そのことはすぐに理解出来たがもう遅い中止は出来ない、やり通すしかない。そんな苦難の末に漸く工場は完成した。従業員三十名くらいで開始した。

工場が完成して、一ヶ月も過ぎた頃、出来たばかりの新工場を案内するからと誘われて新工場を見学することになった。新しい工場に着くと盛大な歓迎を受けた。よくわからないが「先生、先生」の歓迎の拍手での出迎えである。これにはびっくりした。しかし工場内に入ると中では労働争議の真最中である。その一つが隣の作業場には扇風機がついているがこの部屋にはないから設置して欲しい。工場内の小さな広場に行くと今度は賃上げの要求で人が集まっている。賃上げの要求額は一円である。月給か、時給かは理解していない。

当時の日本ではとても考えられないレベルの労働争議である。しかし今の中国は別である。この現状を目の当りにしてこの会社は本当に継続して運営出来るのかと心配したが二年後にはやはり倒産していた。保証人になり担保を提供した人は全財産を失ったと聞いている、悪い予感は的中するものである。ここで学んだことは中国に進出するには中国の風習、法律、慣例更には歴史の流れの中にある独特の中国的思想も十分に心得ておかなければなるまい。

ここで少し中国のことについて触れてみる。中国には日本にはない古い歴史がある。殷、周時代の紀元前二千年以前から、すでに千二百くらいの小国があり、中国の中での国と国の争いの中から自分の一族、宗族を守り育て、一族の繁栄のためなら多少の道をはずしても一族、宗族の繁栄のため、隣の国を侵しては自分の一族が大きくなる。この思想の中で宗圏、宗族の覇者思想が今も中国の人々の血の中に脈々と流れ、受け継がれていることを承知しておくべきである。現在、目に見えている方針として、中国から蒙古、ヨーロッパに一直線の鉄道を敷き、更には海上ではオーストラリア、東インド諸島、南沙諸島、台湾、日本の沖縄海域までの海上権益を手に入れて、着々と中国帝国建設を進めていると考えるのは愚者の考であろうか。私は鎧の下に隠されているものを見てみたい。

これは中国だけではない。今もロシアとウクライナを始め各地で戦争は起きている。自分の国の利害になれば動くのが人類共通の問題であることを知っていながら各国は動こうとしない。人の欲望と自然との協調の破壊によって人類は危機に立たされていることに気付くべきである。早く人類共通の思想と宗教と教えを導き出すことが望まれているのではないか。私はそんなふうに考えている。

## 11 恐い団体にする融資

取引を開始して間もない会社から三千万円の融資の申込みが提出された。渉外次長が担当するお客様である。資料に目を通しても全く問題のない会社である。しかし万が一のこともあるので保全一〇〇%を計って融資する方針にした。県の保証協会に相談をかけるとすでに使っている。まだ使っていない市保証協会の保証を付けて融資の書類をあげることに決めた。作成した書類を次長さんが市保証協会に届けに行くと、すぐに東京の何々会副会長と名のる男から市保証協会の理事長宛に電話が入った。

「今、借入の書類が届いたと思うが何々会の副会長だが宜しくたのむ」

この電話はすぐに私のところに連絡が入る。市保証協会からは私に、支店長どういうお客を協会に廻すのか。今問題の何々会の副会長からおどしの電話が入った。「大変なことになっている。協会では大変な迷惑を受けている」との激怒の電話である。私もそれを聞いて驚いた。市保証協会では受付した書類は不備がなければ融資はいくらかでも実行しなければならない。

この時点でいずれ倒産することは明白な案件である。市保証協会では審査と管理回収部門を同時に編成して対応に当っている様子である。担当するのは課長職以上である。審査はすぐに進められて二千三百万円の融資を決定した。そして不足分七百万円は私の店で出すようにと連絡が私に入った。仕方ないことであるが、しかし私は信用で貸出すことは当初から少しも考えていないので協会に七百万の融資は断ると返事をした。市保証協会から電話が入った。

そんなことをすれば大変な嚇しが入る。残りの七百万円は私の支店から出すように強く依頼されたがそれもきっぱりと断った。翌日には東京の何々会会員と称する男二人が来店し予想通りの威《おど》しを受けたがはっきり断った。

その後も二、三回の訪問を受けて威しを受けたが断乎態度をくずさず対応したためにあきらめて融資は二千三百万円で実行することが出来た。予想していた通り一年程するとこの会社は延滞を発生させ不良債権となる。最後には私は市保証協会から代位弁済を受けて無傷ですんだ。市保証協会は損失計上となる。

この時に学んだことは協会側の対応の早さである。即座に審査を変え、管理体制にしている。事態の急変にみごとに対応している。

一つの融資でも判断と対応の仕方があることを学ぶことが出来た。私には協会に頼ることで判断に甘さがあった。後で反省している。しかも心に甘さがあるために粉飾決算であることを見抜くことも出来ていなかった。市保証さんにも大変な損失と迷惑をかける結果となった。ここでは諸団体の本質を見抜けなかったこと、市保証の対応の速さ、粉飾決算の見落としなど多くを学ぶことが出来た。

人はよく苦しいことに直面すると往々にして楽な方法を選び易いものである。どんな時でも自分の信念でしっかりと判断し行動することがいつどんな時でも必要であることを今回の事件を通じて心に刻みつけることが出来た。

## 12 支店長を殺すくらいわけはない

私の着任したある支店の運転手さんのことについて少し話してみる。この運転手さんは子供の頃、暴力団の事務所内で遊び、暴力団員にかわいがられて育った人物と聞いている。私が着任する時、前任の支店長さんからこの運転手さんは暴力団の組事務所で育っているから注意をしたほうがよいと引き継ぎを受けていた。但し日常の仕事は出来る運転手さんである。お客様廻りをする時はお客様の性格、会社の内容、その土地の風習もよく心得ていて私に適宜アドバイスをしてくれる。

更にこのお客は気が短い人、この人は株にはまっている人、この会社の社長には注意した方がよいなどそれぞれの訪問先で必ずアドバイスと注意事項を教えてくれる。その面では実に気の付く頼りになる運転手さんである。しかしある時、運転手さんが機嫌の悪い時があった。その時会話の中に不愉快な言葉があったのか、運転手さん曰く、「僕は前任の支店長さんの時から残業代は一銭も受け取っていない。これから労働基準監督署に訴え出る」と突然切り出してきた。当時は、未払残業は当り前といっても過言はない程であった。その不満をうまく押え切るのが支店長の力量でもあった。しかし今回はそうはいかない恐い相手である。どうも本気で訴え出る様子である。放って置けば監督署にかけ込みそうである。もしそんなことになれば査察を受けることは間違いない。それは全店に広がり社会問題として新聞紙上を賑わしてしまう。会社に対しても社会的信用を大きく失墜させることになる。そうなれば当然私も重い責任を負うことはさけられない。

答はすぐに出た。私はすべての未払残業代を支払う覚悟をした。運転手さんを呼び応接室で時間をかけて膝を交えて慎重にゆっくりと話し合いをした。

そして結論として今までの未払残業代をすべて払うことを約束した。更に運転手さんには未払残業代を記憶でよいから毎月一日ごとに書き出し表を作らせた。その表に基づいてこれから先三年間をかけて未払いの残業代を毎月支払ってゆくことを約束した。それ以後は残業させないことも約束した。次は私が毎月の月割残業表を作り、その表にもとづいて未払残業代を払うことにした。その残業分割支払い表にもとづき受け取りの印を二人で確認し合って押す表を作り上げた。私の在任中に支払うことを予定して作った。

この残業代支払計画書を持って、総務課、経理課、人事課を持ち廻って事の成り行きを説明してこれから先三年間は架空残業代を請求するが支払ってくれるように約束を取りつけた。翌月から毎月架空の数十時間の残業代の請求をして、受け取るたびに毎月確認のための印鑑を相互で表に押し三年程過ぎる頃には残業の支払いは完了した。時を同じくして私は何故か栄転の形で転勤した。この架空残業の支払を根拠もなしによくも認めてもらったものと思う。これは会社全体に係わる問題でもあり、会社を助けたことにもなる。郷に入れば郷に従えでもあろうか。嘘でも真実の嘘は通ることを知る。

次に余談を一つ加えておく。

ある時この運転手さんの気にさわることをしたことがある。その時の言葉である。「支店長を殺すくらいは簡単なことだよ。それは支店長が車から降りた時、わざと間違えて車をバックさせて轢き殺せばよい。これは過失致死罪と言って初犯はブタ箱に六ヶ月も入ればば出られる。すぐに出られる」とふてぶてしく言い放つのである。又或る時、国道一号線でダンプカーの仕掛けてきたあおり運転に対抗してダンプカーとカーレースさながらのつばぜり合いを国道一号線上で始めた。お互いに前後の車輌に注意を払いながら車の前輪を十センチくらいまで接近させて走りを路上で競う、お互いに決して逃げようとしない。譲りもしない。

前後、左右の車には関係なしに前輪どうしをぶつけ合うかのように接近させる。いつ事故になってもおかしくない状態で並走しながら走り続ける。「あぶない」と声が出るだけで私には何も出来ない。暫くするとダンプカーの運転手の方が負けを認めて静かに後にさがり私の車の後につく。元レーサーの経験を持つという運転手さんでもある。

次は職員旅行の後の土産の一コマである。

当時は年に一回職員旅行が行われていた。職員の楽しみの一つでもある。いつも運転手さんは参加しない。いつも土産を買って帰りその土産を運転手さんに渡している。今回は紀州の旅、海産物の土産を買って帰る。「お土産です」と言って課長が渡す。その土産が気に入らなかったらしく、机の引き出しの底に土産をそのまま仕舞込んで鍵をかけて放置した。生物の土産は数日後には腐って悪臭を放って、店舗内は悪臭で充満した。職員みんなで店舗内を探すが臭いの元は探し出せない。最後に残ったのが運転手さんの机だけとなった。本人を呼んで鍵を開けさせてみると机の奥で魚が腐っている。本人いわく「こんなまずい物はいらないから机の奥にしまっておいた」とけろりと答える。一件落着である。

頭は良いが育つ環境が悪いと性格まで悪くする一例である。

人事課は人をよく見て採用してもらいたいものである。今は思い出の一つでもある。

## 13 地元の大型スーパーはこうして出来た

地方の小さな町に大手スーパーの進出の話が持ち上がった。地元の商店街の人達は大反対して、商工会が中心となって地元の店主が集まり、自分達の手でスーパーを建てるため、会社を設立して事業計画がすでに前に動き出した。その時期に私はこの町に赴任した。計画はすでに相当進み、国や県からの建設助成金も決まり、すでに具体的な建設段階に入っていた。入居者の募集も始まり、開店準備のための準備小屋も出来ている。建物本体の建設資金の二十億は県と国から借りて建てる。この助成金は完成してからでないと国と県からは借りることが出来ない。そのためにそれまでの間の継ぎ資金の二十億を私は売り込んで、当店での融資を決めていた。次は建った店舗内に入る地元の各商店のテナント店に店を開設するための準備資金の売り込みに全力を注いだ。小さな店舗が多いから売り込む資金は一千万円前後である。融資はすべて県保証付きの融資で売り込む方針に決めて大半を当店で融資することが出来ていた。貸出しについては大成功である。

しかし私には心配なことが一つあった。それは国と県から借りることになっている助成金である。国と県から二十億借入れするために出されている計画書に目を通すと、返済財源となる売上が三十億見込めるとして計画を立てて、返済計画が作られている。私の計算ではこの町の人口から計算してみると精々二十億円を売り上げるのが精一杯である。この計画書の作成はこの計画に初めから参加している大阪の最大手の有名な経営コンサルタント会社の部長さんがあたっている。この部長さんの作成した収支計画書に基づいて国と県から二十億の金が貸し出しされるのである。私が心配する意見など通るすべもない。

こうした心配をよそにこのスーパー建設計画はどんどん進められてゆく。建設に使われる資金は国民の税金である。多くの税金がこうした助成金の形をとって国の各所で使われている。私は売上三十億の根拠は何かと部長さんに尋ねてみれば、この町の西と東の隣の町からも多く買いに来ることが見込めるから三十億円の売上は十分可能であるとのこと。それ以上のことは私には何も聞くことは出来ない。

ただ、その時感じたことは国や県の助成金というものは実に大ざっぱな計画書に基づいて補助金が貸し出されていることに気付かされたのである。

いったい、どこの誰が責任をもってこの貸し出された金を税金を事後管理しているのか疑問に感じた。こうした助成金の多くは管理責任者不在のまま一旦貸し出された金は多分適切に管理されることもなく、全国各地で不良債権となって眠っているのではないかと心配になる。この種の金は不良債権化してもあまり公表されることもなくどこかで静かにどこかで何となく多くの税金が消されてゆく。そんな思いがあるのは私だけであろうか。何か不思議な気持にもなる。金融機関や企業であればとても許されない処理、取り扱いである。税金が国や県の助成金、補助金の名のもとに各所で有意義に使われていることは間違いないが、その貸し出された後の回収、管理に透明性がない仕組に問題があるのではないかといらぬ心配をする一人である。無駄使いはどこにでもあるものと割り切ればよいのである。しかしやはり納得出来ない事柄である。

# 三、決断が開く運

## 1 子供心に尊敬した人
### ——父と私の結婚の仲人さん

私には恩人であり尊敬した人がいる。

それは父と私の結婚の仲人をしてくれた人である。

父が結婚に至るまでの苦労話を少し紹介してみる。父は八人兄姉の末っ子であった。当時、末っ子などは口減らしのためによく丁稚奉公に出されていた。父は尋常高等小学校を卒業するとすぐに岡崎の仏壇屋さんに奉公に出された。そこで仏具の刻り物の修業をし、十八歳ぐらいになると満州事変が勃発して徴兵される。満州の地の最前戦で戦いながら五年程を過ごして、運よく無事に帰国している。帰国後は食べるために警察官になったのだと思う。きちっと安定した職を求めての決断だと思う。

この警察官をしている時にどこかは知らないが電車の中で一人の女性に一目惚れして強引に結婚を申込んだが相手にはされなかったようである。恋心はつのるばかりであったのであろう、何度も何度も人を介してはその女性の家に出向いてお願いをしたがいつも断られていた。何故なら女性の実家は元庄屋、しかも兄は軍医、本人は大きな病院の初代の看護婦長、父の警察官とは月とスッポンの差がある。又恋をした相手の女性も父とは全く結婚する気はなかったようである。誰がお願いに行っても断られることの繰返しであった。

最後の使者として同家におもむいたのが父の姉が嫁いでいる或る大きな食品会社の工場長をする信頼出来る人が使者に立った。母親の実家を訪れてお願いをした。その時は一度で母親の両親と兄はこの人が仲人に立つならば娘を嫁に出しましょうと本人の意思とは関係なく結婚の話は決まった。その時、母は随分と反対したそうである。その時はまだ両親にはさからうことが出来ずいやいや母は父と結婚したようである。

父は大満足したが母は悲観した。こうして二人は結婚して私は愛知県の奥三河の地で生れた。母の希望は医師と結婚して医院長婦人となることを望んでいた。周りの看護婦さんの多くはその道を歩んでいた。

そんな思いを残したままの母の姿に子供の私にも何とはなく父との結婚には不満を持ち続けているように感じられた。それでも父はぐち一つ口に出さずに一生を送っている。私が大人になって気が付いたことであるが父は立派な人で一生を通じて母を大切にした。母は晩年から死ぬ間際までいつも「お父さんと結婚して良かった」といつの間にか口癖のように話すようになっていた。母を九十二歳で見送り父は百歳まで生きた。病気一つせずに一生元気で幸せな人生を送ったと思っている。父は自分の人生に一度も不平、不満を言うこともなく、いつも穏やかで、他人には思いやりが深く、周りの人からは誰からも尊敬されていたと思っている。私はとても父のように大きな立派な大木にはなれないと思っている。しかし少しでも近づこうと今は努力している。論語を学びながら少しずつ自分を成長させている。

次は子供頃の思い出の話を書いてみる。十二月の年末が近づくと本家では餅つきをする。正月に家族全員が食べるための餅をもらいに私が行く、正月のための大切な私の仕事の一つである。翌日はその父の実家、本家で餅つきをして、腹一杯の餅を食べ、正月用の餅をもらったその足で父の仲人をしてくれたMさんの家にも寄る。その家には終戦後の食料難にもかかわらず缶詰や菓子、チョコレートなど、その頃はまだあまり店に並んでいても買えないような菓子が部屋の片隅に山のようにうず高く積まれている。その中から大きな紙袋を持ってきて袋一杯になるまでお菓子を袋に詰めて入れてくれる。子供心におとぎの国に来たような気持になる。本家でもらった餅のことなどどこかに忘れてしまっている。菓子の思い出だけが強く心に残っている。

その私も大人になり結婚をする時には又父の仲人をしたM氏に仲人をお願いした。この結婚にも前置が付いている。私が渉外係として外交の仕事をしていた時、取引先のお客様のお嬢さんと結婚が決まり、結納が出来る日まで漕ぎつけた。しかし結納の当日、思わぬ出来事が起きて、この結婚は破談に終わってしまった。

その後の私の元気のない顔を見て両親も結婚の話に力を入れ始めた。見合の話が幾つも舞込んできた。その中の一人が今の妻である。今度は順調に運び又Mさんに仲人をお願いし心よく引き受けていただき無事今日に至っている。

仲人のMさんには結婚後も色々な悩み事、困り事など相談に乗っていただき今日まで無事に人生を乗り切ることが出来た。そのMさんは今はもういない。

人が生きてゆく上には必ずといってよい程人様の恩を受けながら人は生きている。いや、生かされている。しかし多くの人はその恩に一生気付くこともなく人生を終っている。私もその一人であるが幸いにも人生の晩年ではあるがふとした学びの機会に触れることが出来て、人の道の感謝の心を知ること、そして学ぶことの大切さを知った。あまりにも遅かった。今は唯々出来ることは私が人様から受けた恩に対して感謝をして、少しでもその恩に対して報いることが出来るように心がけて生きている。毎日するお経、仏への祈りの中にその心を込めている。毎日のこの感謝の気持は少しずつ私の心をやわらかく解きほぐしてくれる。そして年を重ねた今では恩送りをして、その償いをするようにしている。ああ感謝。

## 2 人生の分れ道 ――貧しい下宿生活

世間知らずのままで何となく大学に入学した私である。何となく弁護士になりたいと思って立命館大学に入学した。これは入学の目的を聞かれた時の返事として用意したことである。初めての下宿生活が始まる。昭和三十七年の春である。この下宿には六人の学生と一人の社会人がすでに下宿している。この下宿の作りは旧武家屋敷風の家造りである。玄関はない、木戸を開けるといきなり大きな客控の間がある。みんなそこを通って各々の部屋に入る。部屋と部屋の壁の仕切りはなく、障子か唐紙一枚で部屋と部屋が仕切られているだけである。だからどんなに小さな音でも隣の部屋にいれば聞こえてくる。私の隣には下手な英会話を練習する人。声だけは大きい。その隣はマンドリンに陶酔して常にマンドリンを手放すことなく下手な音を出して悩ませてくれている。向かいの部屋にはボクシングの選手で男前の学生がいる。いつも女性を部屋につれ込んで女性の高い声を部屋中にひびかせている。この他に金持ちの菓子問屋の息子、私はこの同年の人と仲良くして遊び廻った。その中にただ一人異色の人がいた。その人は最高裁判所長官を目指して司法試験に挑戦してすでに七年近く過ぎている。三十歳くらいの人で二階の一番奥の部屋にどんとかまえている。

この大先輩は大男で西郷隆盛に似た風貌の人である。普段はあまり無駄口を利かない人である。その先輩が或る日、食事をする大広間で食事をしていると突然私に話しかけてきた。

「君は弁護士になると言っているそうだがこの試験は難しいぞ、僕を見るがいい、三十歳になってもまだ合格出来ずに勉強を続けている。君の頭も大変だがそれ以上に大変なのが周りの家族、両親である。金銭的にも特に大きな負担と苦労を掛けることになる。そのことを知った上での覚悟か」と強い口調で聞きただされた。

よく考えてみれば軽い気持で弁護士になりたいと自分勝手に思い込んでみんなの前で吹聴していただけのことである。金もなければ頭も良くない私である。

すぐにこれはだめだと気が付いた。その時の決断は早かった。その場であっさりと弁護士になるなどといった大それた夢はすぐに捨てた。方向転換をすぐに考えた。考えるまでもなく今はただ、生きてゆくために必要なこと、それはアルバイトをしてでも生きてゆかなければならないことに気付いた。アルバイト先を探すと次は勉強の方はあまり気が進まないので部活の茶道部に入部した。

こうして毎日がアルバイトと茶道部通いの生活に落ち込んでいった。それが私の人生を後に大きく変えてくれる結果となった。運命のいたずらであろうか。

この茶道部とアルバイトの二つの生活を通して学生生活では学ぶことの出来ない社会の裏表、仕組、などを覚え、更には人の使い方、まとめ方、物事を進める上で必要な計画の立て方、それを実行して結果を出すこと、そして大切な時の決断の仕方などの数多くの雑学の中から知らず知らずの内に学校では学ぶことの出来ない多くのことを学びそれを知らず知らずの内に身につけることが出来た。これは下宿の司法試験に挑戦中の先輩の一言のお蔭で早く自分の欠点に気付き、学校ではあまり学ぶことの出来ない現実の社会の礼儀作法、考え方を学び社会人となってからは即戦力として大きな原動力となった。

最後にこの恩人の先輩について少し書いておく。この先輩は三十五歳くらいで漸く司法試験に合格出来て司法研修生を経て裁判官になっている。名古屋を始めに東京、大阪、北海道などを転々として最後に名古屋に戻って退官をしている。最後は名古屋の家庭裁判所の裁判長で終っている。本人にとっては不本意な終り方であろう。夢は最高裁判所の裁判官であった、その夢は咲かすことは出来なかった。あれ程までに限りない努力を続けた先輩としては志半ばの思いで終っているような気がする。私のように少し努力しただけで何となく恵まれた人生を送っている者もいる。

人が歩む足蹟は努力なのか、運なのかよくわからない。ただ、運をつかむ人は努力をしている、しかし努力しても報われない人もいる。人の人生とはいったい何なのかもう一度考えてみる。人には定められた天命と自分で切り開いて手にすることの出来る運命とがある。

今ではそのように思っている。この天命を知り、運をつかみ切り開いてゆくことの出来る人が恵まれた人と言うのであろうか。努力しても報われない人もいればそんなに努力もせずに報われた人生を送る人もいる。しかし良く観察してみるとこの報われると言うことは人の心そのものでもある。最後に本当に報われる人はきっと心の豊かな人であると確信するようになった。

## 3　仕事の基本を教えてくれた人

昭和四十年四月、金融マンとして、新社会人としてスタートを切った。

初めて配属された店の支店長さんは旧軍人あがりの見るからに怖そうな人である。顔は真四角、はげ頭、口は大きく真一文字に横に閉まり、目は大きく細長く、厳《いか》つい風貌の定年間際の円熟した支店長さんである。どこから見ても威厳と風格にあふれた人である。

当時の銀行では仕事はすべて手作業、算盤、札勘定、台帳の記入すべて手作業で仕事をした。毎月そんな基本的作業を黙々と続けていた。六ヶ月も過ぎた頃、支店長室に呼ばれた。そこで支店長に言われたのは「銀行の仕事は営業が一番大切だ。君は真面目に仕事をしているが、人との会話が下手だ、それではだめだ」と叱られた。矢継ぎ早に「今日から営業の仕事をしてもらう」と突然の命令である。考えて反論する余地もない。すでに横には大きな営業用の鞄、地図が用意され、鞄には営業用パンフレット、伝票、ソロバンなどの事務用品が一式ぎっしりと詰まっている。地図にはこの町の大きな会社ばかりに赤く大きなマル印がつけてある。

「今日からこの地図を見て赤丸印のつけてある会社を全部訪問しなさい。全部です。そして訪問した会社の社長さんと経理部長さんの名刺を必ずもらって下さい。必ずですよ」と重ねての指示である。更につけ加えて「その会社を訪問した時に感じたこと、会社の雰囲気、社長さん、経理部長さんの人柄などについて自分で感じたことをノートに記入して出して下さい」と念を押された。随分と乱暴な話である。

これが当時の教育方法の一つとしてまかり通ったのである。おそらく支店長によってその教え方も違っていたのかもしれない。そしてそれが人を良く育てたことも事実である。今ではとても考えられない教育方法である。この教育の仕方は今では通用しないことであるがそれでも私達は相応に育ち、会社を支える人間の一人として生きがいを持って働くことが出来た。

現在は配属される前に十分な事前教育と指導を受けて職場につくが何故か長続きせずに多くの人が職場を去ってゆく。これは社会の構造に問題があるのかもしれないが少しは今の学校教育の仕方にも一部問題があると考えている。

又、職に対する考え方も変わってきている。今では三十年も四十年も続く会社が少なくなっている。そのせいもある。私が当時開拓した会社も今では消えてなくなっている会社も少なくない。さびしい限りである。

会社は長く続くものであるという考え方はもう出来なくなっているせいもある。今のように営業につくための教育を受けることもなく、いきなり自分一人の力で仕事を覚えなさいと当時は指導をされたのである。自分で考えて仕事をしなさいということである。この時経験した営業訪問によって、色々の人に会い、多くのことを学び、多種多様な問題に突き当りながらも自分で考え、更にそこから人を見る目を養うことが出来たと思っている。

大切なセールスの原点を体にしみこませて覚えることが出来ていた。

〃苗にして秀でざる者ありや、秀でても実らざる者ありや〃。花を咲かせても実をつけぬ者もいる。

教育の原点をどこに置いたらよいのかを考えさせられる指導方法でもある。今の教育は親切ではあるが何か人の心が欠落している気がする。何となく表面《うわべ》を走っているのではないか。今の新入社員の人々は立派な教育は受けているが何か芯が欠け熱意に欠けている気がする。それは、現在の社会の流れと経済の仕組が昔と大きく変わり、誰もが確かな先を見通すことの難しい社会となり、加えて世界の動きを見ていると希望を持っての言葉では通用しない時代なのかもしれない。それでも尚、心の豊かさは求めることが出来る。

昔の人は礼儀に欠け粗野ではあったが真心があった。今の人は礼儀はあるが心、情熱に欠けている。私も孔子さんの述べているように前の言葉の方が好きである。「粗野ではあるが真心がある」が好きである。

昔の人は教える前に真心があった。今一度、真の心とはを学ぶことも必要ではないか。
〝よい時代は苦労の中にあった〟のである。

## 4　運を開いてくれた人

私が支店長になることが出来ずに随分と腐っていた時、その私を支店長としての第一歩の道を開いてくれた恩人の人がいる。

その支店長さんは、実力は十分あるが酒癖が少し悪い人と記憶している。又、有力者役員の派閥に属していた。

しかしその役員さんが失脚すると連座するように子会社に出向していた。その支店長さんが再びこの店の支店長として戻ってきた。前に一度仕えたことがあるので人柄は十分に理解していた。店はこの支店長が着任するとすぐに成績は上向き出していた。いつものように渉外次長の私は未達の目標を達成するため、夜の仕事をしていた。突然ポケットベルが鳴る。支店長さんからの電話である。「いつまで仕事をしている。止めてすぐに寿司屋に来い」との命令である。仕方なく途中で仕事を切り上げて、後は部下に任せて、すぐに支店長のいる寿司屋に直行する。

暖簾《のれん》を分けて店の中に入る。すでに支店長さんは相当酒に酔っている。横に座るとすぐに「一杯呑め」である。酒を呑みほして一言、二言会話をしていると、何を思ったのか突然「俺が寿司を握る」と言い出して、いきなりカウンター内に飛び込んで、店主の隣に立った一瞬の出来事である。店内は異様な雰囲気とざわめきが走り緊迫した。店主は包丁を握りしめて今にもその包丁を振り下ろす姿勢である。あっあぶない。私は一瞬の判断でカウンター内に飛び込んだ。そして支店長さんの胸元をおもいきり握りしめて、自分の力ではないような力を出して店の外まで支店長を引きずり出した。続いて何も考える間もなく、「支店長、失礼」と言って顔を張り倒した。しまった。すでに時遅しである。「ああ、これで俺も首だ」と覚悟した。

翌朝出社すると一番に「支店長さん、昨夜は誠に申し訳ありませんでした」と丁寧に謝った。少し間をおいて、支店長さんも照れくさそうな顔で「いやどうも」の一言で事を終えた。その後も心配なので支店長の発言を注意して聞くようにしていた。ある時、「石原君、君を支店長に推薦しておいたからなあ」と一言ポツリと呟いたのを覚えている。それから少し過ぎると人事異動の時期が来た。その人事異動の辞令の中に〝何々支店、支店長石原〟の名前がのっていた。自分の目を疑い、何度も見直した。間違いなく「支店長石原と書いてある」青天の霹靂である。支店長の推薦がこんなにも早く結果として出てくるとは想像もしていないことであった。すぐにお礼の言葉を述べた。

その後、この支店長さんに会う機会もなく、十分なご恩返しもしていないまま、八十歳近くになってしまった。支店長さんはすでに亡くなっている。この大きな運を開いてくれた人に充分な恩返しも出来ずにいる。

当時は自分の力で支店長になったものと思い込んでいた。今ではそのことが心の大きな重荷となって残っている。

人から受けた恩はすぐに返しておくべきとこの年になって初めて感じている。今は恩送りをするように心がけている。人は周りの人のお蔭を受けて生かされていることを肝に銘じておくべきである。自分一人では生きてはゆけない、必ずどこかで人の助けを受けながら生きている。生かされている。人はそのことに気付くことは少ない。

加えて言えば運の裏には正しい判断があったことも今になって知る。

正しい判断である。恩は人は誰でも周りの人、めぐり会う人々によって知らず知らずの内に恩を受けていても気付かずに生活し、なにげなく過ごして生かされている。このことに気付くには人は少し学んでいないと気付かずにすんでしまう。私もその一人である。今は後悔しているが遅い。人が人の恩を感じ取るには少しは学びが必要である。

人のかくれた恩にまで気付くことは少し難しい。学ぶ心と気付きも必要なのかもしれない。人は知らず知らずの内に多くの周りの人から受けている恩に気付くこともなく又、感謝することもなく人生を終えている人が多いのではないかと自分の生きざまを通して感じている。

そんなことにならぬように早く学びの大切さに気付いて、一層謝意に満ちた生活を送ることが出来るように日々努力をするようにしている。

## 5 裏表のある人

私は或る支店長さんとの出会いを通して二つのことを学んだ。仕事だけいくら出来ても、人間性や人格に欠ける人は失敗して、敗者となり消えてゆくことを学んだ。

その失敗した支店長さんについて書いてみる。その支店長さんとは毎月の成績、目標は必ず達成する。そして常に支店長会議の席では表彰を受け支店長の仲間内で出世頭として羨望の的の人である。仕事は出来る、容姿も立派、体格も良く、男らしく、誰もが末は役員に昇る人と見ていた。仕事は率先垂範、自らもよく働いた。しかし或る日の一つの出来事で私の見方は変わった。

それはある月末の日の出来事である。未達の目標の預金の積上げのため、私は支店長に同行訪問をお願いした。月末一日だけ預金を積上げてもらうのである。要は一日だけ五千万円、一億の小切手を書いてもらい月末だけ預金を積み上げるのである。この時代には月末預金積み上げの常套手段であった。ある会社にその預金の積み上げのための手形割引か他行の小切手を書いてもらうために訪問をした。支店長がいくら頭を下げてお願いしてもそっけなく断られてしまった。

その時、支店長さんはその会社の玄関の外へ出て扉を閉めるなり、いきなり「バカヤロー、クソッタレ」と叫んで大きく玄関前に唾をはき捨てた。その姿を目の当りにした時、私は何かこの人に不信感をいだくようになった。この支店長さんは何れ失脚する人となるであろうと考えるようになった。思いは当った。この支店長さんは暫くすると大型店舗へと栄転してゆかれた。

しかし数年もすると風の噂で何か不祥事件を起して退職されたとの噂が耳に入ってきた。この時に思ったことはやはり人の上に立つ人は業績を上げるだけではいずれ失脚する。その地位にふさわしい人格と人間性を兼ね備えていなければその地位を保つことは出来ないことを学んだ。この支店長さんの歩んだ後ろ姿をしっかりと見ることによって自分はこのような人にはなるまいと心に誓った。〝人のふり見て我がふり直せ〟である。自分をしっかりと見つめ、相手の考え、行動を反面教師として学びとることによって、私は大きな失敗もなく、無事に四十三年間を過ごすことが出来たのは幸せである。

もう一つ、この支店長さんから受けたいじめと嫌がらせについて少し書いておく。

今でいえばパワハラである。私は渉外係の責任者として渉外係五名をとりまとめてその店の目標数字を達成しなければいけない立場にあった。ところが成績の多くは私の下の部下と他の四人が毎月の目標の多くを達成してくれていた。支店長からの信頼も厚かった。

それに反して私は十分な成績を上げていなかった。それには理由もあった。部下達は私のすぐ下の部下の指導で法律に違反した形で定期預金を作っていた。お客様から十万円預かり百万円の定期を作る手法を使って目標を達成していた。私はそのことは注意もせず自分だけ正規の形で仕事をしていた。ついに支店長に呼ばれて、「君は渉外係の責任者ではないか」と叱られてしまった。当り前である。私は「違法な手段を使ってまでして預金は集めません」と開き直ってしまった。その一言が悪かった。支店長の顔色は激怒の表情に変わった。その一言で私は仕事を取り上げられてしまい、島流しの流罪のうき目にあうことになった。それはこの店から十キロ程離れた先にある小さな町で一人で仕事をせよとの命令である。毎朝その町の入口にあるガソリンスタンドの店まで車で送ってもらい、そこからその店に預かってもらっている自転車に乗って一人だけその町で新規開拓の仕事をすることを命じられた。ここまで馬鹿にされてこの会社に留まる理由もない、毎日もう辞めようと思いながらそれでも仕事を続けていた。耐えがたい日も暫く続くと不思議なことに考え方が少し変わってきた。自分自身を納得させるような考え方が出来るようになった。その考え方とは「私はこの町に新店舗を作るために、その先発隊として、重い任務を持ってここで新規開拓の仕事をしているのだ」と自分にたいして考えさせることが出来るようになった。心が変われば考え方も行動も変化する。次の月からは毎日新規のお客様を五件獲得する目標を立てた。

　仕事に熱が入ると積極的に考え方も行動も出来るように変わってくる。毎日の目標、新規顧客五件獲得も悠々と出来るようになった。成績も自然に伸びてゆく。仕事も面白くなる。その内に全店渉外係の中で新規口座獲得ではトップにおどり出た。渉外仲間でも注目をあびるようになった。支店長にもこの噂が耳に入りそのままにしておくとも出来ずに私を元の店に戻した。但し、仕事は倍になった。渉外と融資の二つの係長の仕事を与えられた。又イヤガラセである。この時も何も考えずに反対もせず素直に応じた。日中は渉外係として外に出て営業の仕事をした。午後からは融資の書類の整理と申請書類を書く。当然出来ないので家に書類をまとめて持ち帰り毎日夜遅くまでかけて書類を完成させて、出勤すると夜書き上げた書類を支店長席の電話の横に積んで置く。

　朝は朝礼が終ると渉外係に指示を与えて自分も営業の仕事に出る。それが毎日続く。この時は我武者羅に勉強もし、夜中まで仕事を続け、しかも日曜日も働いた。この苦労が後々まで私の蔭の力となって私の成長を助けてくれた。

〝苦労は買ってでもせよ〟である。この二つの嫌がらせ事件が大きく私を成長させてくれたことは間違いない。人生の節目となる体験をしたといっても過言ではない。

　この二つの嫌がらせとも思われる行為は今ならば大きく新聞ニュースとして紙面を賑わ

していたかもしれない。

神経質な私のこと自殺でもしていたら尚更である。当時はこのようなことは日常茶飯事のようにどこかでいつも起きていたことと思っている。だから私も当たり前のこととして辛抱も出来たのである。そんな重労働をした私から今の若い人達を見ていると何か不憫である。充分な教育を受け、仕事もそんなに負担でない。しかし若い人には夢が少なく、先が読めなく、何となくクラゲのように世間に漂いながら生きている。人は何もかも便利になり、何でも物は手に入る時代である。しかし何か心の底に不満をかかえて生きている。これが今の世の中である。極端かもしれないが少し時代を戻して縄文時代と考えてみるのもよい。清貧の生活から、物を大切にし、心の豊かさの生活に考え直してみてはどうかと考えてしまうのは私一人であろうか。いやきっと物から心の豊かさを求める時代が到来するのは目の前まで近づいている気がする。

自分を生長させてくれる一つの条件として、多くの人との出会いがありその人々との出会いを通して、人の心を汲み取り、言葉や、行動からその人の礼儀やおくゆかしさも学ぶことが出来る。こうした出会いや、決断が知らず知らずの内に人を育ててくれるのである。

## 6 辞令の日 ——派閥の効用

人事異動の辞令が出た。私も異動者の一人に入っている。辞令を受けた者は当日、本店九階の大広間に集合する。今回の人事異動には新店を作るための開設準備委員も含まれた発表である。この開設準備委員に選ばれることは仕事が出来る証である。名誉なことでもある。

私もその一人の候補に入っていると聞いていた。辞令を受け取るために集合した顔ぶれを見渡すと今回の店舗開設準備委員長は私しかないと思った。私はすでに大型店の次長も経験しているし、年令も一番上である。内心ひそかに自分ではそのように思い込んでいた。

役員の挨拶が一通り終ると人事部長が一歩前に出て、

「何々支店開設準備委員を発表します」

開設準備委員長（支店長）である。その一瞬部屋は静かになる。

「それでは開設準備委員長はA君」

これが第一声である。一瞬自分の耳を疑った。続いて「副委員長石原君」との呼び出しである。自分の立場がわからなくなった。気をとり戻して、A君の隣に立つしかなかった。

あれこれと考えをめぐらしている内に発表は終った。支店長として発表されたその人はかつては私の部下、しかも大学の後輩でもある。私にとってはこれ程の屈辱はない。悔しさが胸に込み上げてくる。何故、何故と自問してみても答は出てこない。仕方がないこれも運命かと辞令を認めざるを得なかった。この悔しさをバネに彼をいつか追い越すことだけを考えて辛抱して元の部下である支店長の下で働く決心をした。覚悟は決まった。心の切替は早かった。新店舗開設に向けての準備に積極的に加わった。この屈辱に耐えた期間が私を一回りも二回りも大きな人間に育ててあげてくれた。

この時、心の切替えと耐えることの大切さを再び学んでいた。運とはこんなものかとも思ったりしてみた。この人事異動についてはその後に知ったことであるがあの時の昇格は会社の中にある最大派閥に属するA君が当然のこととして選ばれたことを知った。当時はどこかの派閥に所属していなければ昇格は難しいことを知ることが出来た。それぞれの派閥に所属する職員は派閥の役員の所に盆、暮れのお届けの品をする。更には役員との呑み会、会食会などに参加して名前を売っておくことは常識とされていた。田舎者の私にはそのようなことは知るよしもなかった。それを聞いてあの時の辞令を納得することが出来た。

私もそれを聞いてある役員の所に盆、暮れの届け物をするようにした。しかしある時お届物をするとその役員さんは不在であった。家の玄関の軒下には山程高く積まれた各職員のお届けの品がある。これ程多くの人々が届けている、私がこんな品を届けても私の存在など知られるよしもないことがすぐにわかった。自分の行いが虚しくなってすぐに届け物は止めた。更に加えておくが早く出世したA君は早く亡くなっている。そして私は今も生きている。人間の運命とはこんなものである。何が幸か不幸かはその場では決めることの出来ないものである。〝災い転じて福となす〟もある。苗は良くても花の咲かぬものもある。花は咲いても実のつかぬものもある。人生１００年時代を迎えてそれを如何に生きるかは人それぞれである。私は少なくとも今は周りの人に迷惑をあまりかけず、健康でいて静かに息を引き取りたいと思い願っている。それを望むには己の心をもっともっと養うことが必要とも思っている。学びは人をも育て、更に心をも育ててくれることを知っているからみんなにも知ってもらいたいと思っている。

## 7 決断が人を大きくする

各営業店はブロックに分けられている。毎月の目標は各支店の目標とブロックの目標の二つがある。上にはブロック長がいて、ブロックとしての成績をまとめている。月末近くに突然、ブロック長が私の店を訪れた。話はグループとしての成績がまだ達成出来ていない。その不足分を私の店で補ってほしいとの依頼である。私の店ではすでに目標は達成出来ている。これ以上のことはとても職員には頼めないことである。即座に「これ以上はとても出来ません」とお断りをした。どうもブロック長さんは傘下の支店すべてを廻って最後に私の店に来たようである。表情は万策つきて、疲れきった表情で懇願に近い顔つきで頼んでみえる。私にはもうこれ以上断ることは失礼であるとの思いがフッとわいてきた。一瞬の心の迷いである。次の瞬間には「はい未達分はやらせていただきます」と言葉が自然に出てしまった。誠に無責任な言動である。その時は全力を尽せば出来る。もし出来なければ自分が責任を取ればよいと思っていた。自分自身には決断をした理由を自分に言い聞かせていた。責任を取るとは最悪の時降格か転勤を覚悟することである。随分と無謀な決断をしたものである。

今考えてみるとこの一つ一つの決断が私の人生を大きく左右していたことに気付くのである。その都度の決断が少しずつ私を鍛えあげてきたような気がする。先ず決断し、それを実行に移す反復が少しずつ私を育てていた。それは後になって気付いたことである。

私は決断した。ブロック長に「やります」と答えてしまった。後は行動だけである。早速その日の内に夕方職員全員を集めて、事の事情を細かく説明した。全職員の了解をとりつけることも出来た。特に渉外係には丁寧に説明して、もし出来なければその責任は私が取ると心を込めて力強く説明しお願いをした。こうしてすべての職員の了解を取り付けることが出来た。職員の顔に変化を感じることが出来た。特に渉外係は目の色が変わった。みんな真剣に動いた。そうして月末を迎えた。渉外課長から月末の午後には目標を達成しましたとの連絡が届いた。こうして危険な綱渡りは無事に終った。この時もし目標が出来なければ違法行為をしてでも、自分の責任で不足分の数字を作る覚悟をしていた。この決断は一歩間違えば首が飛んでしまう行為である。決してお勧め出来ることではない決断であったが決断の一つでもあった。反面情熱を込めて説けば人はついてきてくれることもあることを学んだ。しかしこれは決してお勧め出来ない決断である。

この時を転機として、私は事を起す時には「先ず決断をして、走り出す、そして考える」ようになった。人は生きている間には何度も決断を迫られる場面に直面する。その時決断した直後の思考、行動が大切になる。よく人は考えもせずに簡単にあきらめてしまう。私は決断した後それを考えて行動に移す時、その決断の一瞬をいかに正しく正確に実行に移し、成果に出すことが出来るようになるかを最も大切なことと付け加えておきたい。

難しく危険であっても「先ず決断する」ことが大切である。決断したことはやり通すという信念も必要、更には成功のパターンを身に付けることも大切である。

但し、ここにも運と努力が絡むことを承知しておくべきである。特に結果の悪い時の対応も大切である。運の上には天命が付いていることも知っておくべきかもしれない。運は人それぞれが開く道であり、天命はその人が従い進む決められた道なのかもしれない。

## 8 法律にも裏と表がある

或る会社の当座預金の口座は差押えられていて勝手に決済することの出来ない口座に指定されていた。決済手形が廻ってきても不渡りとして付箋《ふせん》を付して返却することしか出来ない指定口座である。その口座に月末の支払手形が交換所を通して廻ってきた。何故かその日の朝一番にめずらしくその会社の社長さんが来店された。しかも一億円もの現金を裸のまま大きな紙袋に入れて店に入ってきた。入金は出来ないから金はこれだけあるとただ見せに来たとその時は思った。だから社長さんには「現金を裸で持ち歩いては危険ですよ」とだけ注意をしておいた。手形交換の午前十時過ぎになると三千五百万円の決済用支払手形が交換所から持ち帰られた。この手形は当然、手形法により不渡りで付箋を付けて返却すればよい。その時思った。社長は何故朝現金一億をわざわざ袋に入れて見せに来たのかを考えた。

現金はここにあるが入金が出来ない。何とかしろの合図と理解した。確かにお金はあるのに入金出来ずに不渡りで返すことは不合理である。この手形を決済する方法はあるはずと考えた。先ず本部に相談してもだめである。先輩の支店長、税理士、弁護士、裁判官と手当り次第に相談してみたが答はすべて手形法にのっとり「不渡りとして返す」の回答しか戻ってこなかった。やはりだめかとあきらめかけた時、懇意にしている弁護士さんから電話が入る。その人は金融専門の弁護士さんで日頃からよく相談にのっていただいている。電話での回答は先ず現金を用意しておき、次に差押え口座を解除して、次に手形を決済したらすぐに決済した手形と同じ金額を入金してその場で又、元の差押口座に戻せばよいとの回答を得た。それは法律で認められているとも教えていただいた。普通の人は手形法にのっとり不渡りとして返せばよいとありきたりの回答しかしてこない。そのような救済方法のあることを初めて私も知った。他の人も皆勉強不足、ここでも知識と学びの深さの大切さを知ることが出来た。

即座に私はこれだと思った。この回答は誰も知らないことであった。そこでその会社を訪問している担当者を呼び出して、すぐにその会社に行って現金三千五百万円を集金して、集金出来たらすぐに電話を入れるように指示した。しかし五時を過ぎても担当者からは社長が見つからず集金出来ていないと電話が入る。店の機械は六時になれば止まってしまう。そうなればなったで、手元に手形を握ったままで法律違反であり、私に責任がかかってくる。

思案にくれていると六時少し前に渉外担当者より現金を集金し、受取りを切ったとの連絡が入った。この電話報告を受けると同時に手形決済の担当者に命じた。現金はないが後で入金するから差押口座をすぐ解除して手形を決済して決済手形と同額の三千五百万円を現金なしで入金させて、すぐに元の差押口座に戻した。現金は後で入金している。こうして事故と苦情からのがれることが出来た。他の金融機関では問題も起きた。ここで学んだことは良き友をもつことの大切さと、法律にも裏と表があり人は表の法律で動いているが紙一重の違いで裏の法律もあることを学んだ。但し私は六法全書で確認はしていない。法律、法律と人はよく言うがそういう人程法律を知らない人が多いのである。

私はつくづく思う、法律も人が作ったもので万能ではない、法律は運用の仕方で差が出てくる。又運用に当ってても清規と陋規で運用することも出来る。人は学び考えないとこの法律の穴に落ち込むことになる。今も法律はどんどん制定されて増え続けている。その内に人は六法全書など読むことの出来ない程の膨大な量になってしまう。そしていつの日か最後にはきっと人は自分の学びと良心で判断し、行動しなければいけない日が来るのもそんなに遠くはないであろう。今では法律は作ることより省くことを基本にして考えてみてはどうか。こんな考え方をするのは私だけであろうか。もう一度、各省庁の存在意義を考えてみてはどうかと思っている。省庁の意味とは何かを。

法律、法律と言う人程法律を知らず、法律を知らない人程法律を悪用している現実を知ることも必要ではないか。だから法律の前に何が必要かを考えてみることである。

## 9 危険な決断

私の会社には年一回決算後にお客様の中から選ばれた人々に事業報告を兼ねた総代会と言う総会がある。その年は総代会で会長さんはその席で円満退任を発表された。しかし何故か退任後も毎日のように会社の公用車で出社して九階にある大きな会長室に入る。そこで午前中、元の仲間と雑談をして、コーヒーを飲み、新聞を見てお昼前になると又、公用車で帰ってゆかれる。そんな噂を社内で耳にした。不審に思い調べてみるとどうも噂は本当のようであった。

新しい会長さんは会長室が空かないので理事長室にそのまま、従って他の役員さんも動くことが出来ない。その時私は監事の職に就いたばかりだが少しは監事の仕事のことも勉強していた。前年度に法律が改正されて、会社役員が会社に対して不利益、不法行為、損害などの行為をして注意しなかった場合、その不利益、損害の責任を監事も他役員と同様に負うと改正されていたことを知っていた。今までの監事の仕事といえば、会社役員を長くして有難うございました。少し最後にゆっくりして下さい、と言った意味合いも含めて何もしなくてよい閑職が監事の仕事として受け止めていた。

しかし今は違う、経営陣の不備を直すことも出来る。責任と権限が与えられている。私はその新しく出来た法律の中にある権限を利用することにした。

ある役員さんに退任後のこの会長さんの行為について止めていただくように相談してみた。この役員さんは常務である。ある地方の財務局長の肩書のある方である。その役員さんはその話を聞いて即座に「そんな大任は私にはとても出来ない」と言って即座にお断りになった。私はあきらめることなく「退任された会長さんが今まで通り役員室にいては他の役員さんも部屋を動くことが出来ずに困ってみえます。これを直すことの出来る方は貴方しかいません。情報は私の方から入れます」と言って無理矢理お願いをしてみた。又「監査役としてお願いします」と念を押した。常務さんも引き受けざるを得ないと思ったのかしぶしぶと承知していただいた。

少し経つと旧会長さんは出て来なくなった。常務さんがどう動いたかも私は知らない。とにかく、会長さんはそれ以後会長室に顔を見せることはなくなった。後で冷静に考えてみるとなんと無謀なことをしたものだと身震いする。しかし正しいことは通るものである。部下であっても正しいことは通ることを少し学んだ。

〝やれば出来る〟ことも学んでいる。それからは目上の人、立派な人、偉い人であっても言わなければいけないことは出来るだけ意見、諫言として口に出して行動するようにした。

恐い者知らずの感じもするがその信念を通すように心がけている。人生の幅が広がったように感じている。要は嫌なことから逃げないようにすることである。人間の幅が広くなった気もする。その位にあらざる者、口をはさまずの正論に反するものでもあるから注意を要するが。

## 10 副理事長さんの面前で書いた退任届

平成十八年六月、六十三歳で四十三年間勤めた会社を退職する。一年前に非常勤監事の退職届けを提出していた。その退職届けは受理されることもなく一年が過ぎた。常勤監事から非常勤監事になって一年、月に一度役員会に顔を出せばよい役職である。何となく一年すぎ次の年の総代会が迫っていた。私はすでに地元の区長の役も決まっている。どうしても退職しなければいけない立場に自分を追い込んでいた。一年前に出した退職届けを確認していただくために副理事長室を訪れた。

そんなことなどとっくに副理事長さんは忘れている。「そうだったかなあ」の一言、「昨年提出しました」と話すと、仕方なく副理事長さんは自分の席の大きな机の引き出しを一つ一つ開けて調べたがどこにも見当らない。私は直立のままの姿勢である。「石原君やっぱりないぞ」の一言。それでも最後の一番下の大きな引き出しの底の方から一枚の用紙が出てきた。退職願の用紙は机の一番底に眠っていた。

〝これか〟

私はすぐに「はい、そうです」と答えた後、副理事長さんはその用紙に目を通した。

「これはだめだ、退職届けになっている。役員は退任届けだ」と言って断られてしまった。その場で私は即座に「どのように書きますか」と聞き返した。「ここに書式がある。その通りに書いてくれ」の一言、「わかりました用紙はありませんか。この場で書きます」と言い、用意された用紙に退任届と書いてその場で提出した。
「どうしても辞めるのか」と念を押しながら聞き返される。「はい、そうです」と答えると「頑固なやつだ」とまるで退職するなと言わんばかりの様子で用紙を机の上に置かれた。「次にすることは決まっています。どうか宜しくお願いします」と念を押してお願いをした。

あきらめた様子で「仕方ない男だなあ」と言って受理していただいた。その年の総代会の席で私は退任した。今考えてみれば任期の一年前に退任したのはもったいないことである。こうして年を重ねた最近思うことがある。あの時お世話になった副理事長さんは大学の先輩であった。監事の時には七階にある監事室によく顔を出していただいた。「石原君、元気か」と言ってくれる。すると私は「副理事長さんは次の理事長さんになっていただく方ですからもっと勉強して下さいよ」と冗談を交えて会話をかわす。「こんなところで遊んでいてはだめですよ」と失礼な話をすることもあった。今、つらつらと考えてみると私が支店長になれたのも、監査役になれたのもこの副理事長さんの陰の力のお蔭かもしれない。理由はさだかでないが何故か最近そんな思いがする。もしかするとその恩人である人に「こんなところで遊んでいてはだめですよ。もっと勉強して下さいよ」などと失礼な言葉遣いをしてきた。今になって反省している。

しかし今は亡き人である。人をしっかりと見きわめることの大切さも学ぶことが出来た。今お付き合いしている人達にもそんな不義理をしている人はいないか毎日気にかけながら、反省もして今を過ごしている。そのせいか少し心が軽くなった。

人が自分に対してする不義理は意外によくわかるものであるが、反対に自分がしている不義理は知らず知らずの内に人は見過ごしているものである。今は恩送りを旨として生きるようにしている。

## 11 社会の裏と表

平成三年頃に入ると暫くしてバブル経済は崩壊した。とにかく貸しまくって成績を上げた支店長さんの後の店に転勤した。そこでの私の仕事は不良債権の回収が責務と考えていた。不良債権の回収は難儀で時間のかかる仕事である。一方では新規開拓も必要である。転勤して初めて一件の融資取引先を開拓出来た。その会社の社長さんと雑談をしていると突然一本の電話が入る。何気なく話の内容を聞くために耳を澄まして聞いていると、どうもどこかの競売物件を落札したようである。当時は不良債権の担保処分として競売物件が次々と売りに出されていた。社長さんは最後に「すぐに一億円を用意してここに持って来い」と言った。入札の締切り時間に間に合わせるためであろう。何もなかったように雑談は続く。十五分程すぎると社長室に風呂敷に包まれた現金一億円が持ち込まれた。この人は十五分で一億を揃えることが出来たのである。一瞬ど肝を抜かれた。この人はいったい何者か先ず不審に思う一方、少し心配にもなった。一億円を持ち込んだのは隣にあるパチンコ店の周りをうろついているヤクザ風の男二人である。この金はパチンコ店にある金庫から出してここに持込まれた金であると勝手に推測して自分を納得させて深く考えないことにした。

この時の言葉、行動からこの社長さんは得体の知れない大きな人と心に落とし込んだ。私は不良債権の回収に一段落つけた頃転勤した。その後この会社との取引は大きくなっていた。私のところには転勤後も時々電話が入る。仕事のこと、相談交じりのことが持ち込まれる。今もお付き合いは続いている。

一言でこの人となりを述べれば終戦直後に活躍した国際興業グループの小佐野賢治氏とか丸紅ロッキード事件の田中角栄と刎頸《ふんけい》の友の児玉誉士夫など政治の裏舞台で活躍し、一世を風靡した男の姿を重ねることも出来る。そんな性格を備えた人である。政治と金をうまく利用して自分の才覚と努力を通して人生を送る人である。今ではその人も年を重ねて決断に迷うことがあると冗談交じりに「石原さん、先生ならどうするかね」と電話が入る。

人はいやおうなく確実に年を重ねてゆく。

私はこの人のお蔭で人脈の作り方、金の儲け方、人の使い方など多くのことを学ばせていただいた。実学を学ぶことが出来た。学校では教わることとの出来ないことである。人間の泥臭い生きざまを知り学んだ。この実学の方が人生には役立っている。大企業、経済界の大物との接し方、考えと決断、金の使い方、計画し実行のパターンを学んだ。こうして人間の裏表も少し学んだ。年を重ねると共に少しずつ人柄も温厚になっている。今ではお互いに人のためを思い、穏やかで、静寂な日々を送っている。波乱万丈の人生から漸く、心穏やかな静かな日々を送ることが出来るようになった。

そして残りの人生を今又、考えている。

人は人の作った法律規則を守るだけではとてもこの世は生きてゆけない。

〝清水魚住まず〟である。

清規の裏には陋規がある。人は陋規を多く心得て使いこなす人の方が世の中をより潤滑に生きてゆくことが出来ると思うようになった。人は仏ではない、神鬼を兼ね合わせているのではなかろうか。

# 12 懲罰委員会

私は昇格辞令を受け取るために本店に来ている。辞令を手に各役員さんの席へ挨拶廻りをしていると、ポケットベルが鳴る。私のいる営業店からである。「支店長、新入生のA君が警察に逮捕されました。新聞に出ています」の一報が入る。青天の霹靂である。すぐに支店に帰る。再度次長さんから報告を受けてから新聞でも確認する。本部にも連絡をする、指示を待つこともなくすぐA君の家に向かう、家は豪邸である。一流大学を出て仕事も出来るA君である。

家に着くと応接間に通されて母親が応対に出た。事件はどうも本当のようであり覚悟を決めている様子である。話を聞いてみるとキャバクラに出入りして、キャバクラ嬢と付き合い、その付き合っていた女性の携帯電話の中にA君の名前があったために悪い組織のメンバーの一員として逮捕されたようである。

店に帰りすぐに人事部に報告する。指示は退職をしてもらうこと、仕方がないことである。再度A君の自宅に出向いて、退職届を出してもらうようにお願いをする。店に帰って本部に連絡していると、今度は店頭で印鑑相違で現金二百万円が支払われたと報告を受ける。又、本部に連絡する。

昇格辞令を受け取って、漸くこの事故の多い難しい店舗を抜け出ることが出来ると喜んでいた矢先の二つの大事件である。

どうしたことか、なんと運の悪い男かと思った。昇格は取り消されて、反対に懲罰委員会に罪人として出席しなければいけない。私は今まで懲罰委員会の委員をして多くの人を裁いてきた。その人が次は罪人としての責を受ける立場に変わってしまった。何とした運命のいたずらかと思い落ち込んだ。四面楚歌、絶体絶命に追い込まれた。

未だに何が起ったのかよくわからないまま明日からは罪人席に着く。二日が過ぎた時、店から吉報が入る。A君は誤認逮捕であったとして保釈された。すぐ復職の手続を確認してお詫びに伺ったが本人も家族も退職を決めていて退職届を用意していた。用意していた退職届はその場で提出された。何もなかったように退職しこの会社を去った。

もう一つの現金二百万円の誤認支払いは印鑑相違ではなく、印鑑を照合する時のコピーが縮小のままになっていて実際よりも小さく写っており元印鑑票と伝票印鑑とは実は合っており間違いではなかった。こうして二件の事件は無事に終った。私は又、辞令通りに監査役となり役員室をもつことが出来た。

最後はまるく収まった。しかしA君には大変な迷惑をかけたことを悔やんでいる。この誤認逮捕でその責任はどうなったのかも知りたい。これが人の運命かと改めて思い知らされた次第である。昇格辞令が降格辞令に、懲罰委員が懲罰を受ける人に、一日の内にこれだけの変化が起きたことは初めてである。済んでしまえば又、何もなかったように時は流れている。本当に人生の浮き沈みは紙一重である。

今回もうまく乗り越えることが出来た。人の人生は自分とは関係なく、大きく動くことがある。そこには遠因がある。人の心の内面、外に表れる言葉、行動によってそれが起因として表れることもある。これは運命であろう。しかし天命が人の人生を左右する時もある。それはその人の生れた時から、その人に附加され、身に背負って知らず知らず生きている。これが人生なのかもしれない。

# 13 私の功罪

## その1　会社を去った支店長代理さん

この預金課をまとめる代理さんは真面目でこつこつと仕事する。しかし、注意力に欠け、事務ミスも多く、部下からも少し小馬鹿にされていた。本人もそのことを知っていて苦しんでいる様子であった。毎日のように小さな間違い、問題が起きている。その内に大きな事故につながらなければよいがと心配をしていた。年に一回全職員の家庭訪問をして不平、不満を聞いて働き易い職場にするための家庭訪問をした。この代理さんの家庭訪問では家の人と相談することにした。

当日は奥さんと母親が面接に出た。この時に私は少し控えぎみに彼の日頃の仕事振りについて報告をしてみた。今の仕事は少し負担が重いのではないかとも尋ねてみた。すると母親の方から切り出してきた。実は私どもの方も本人が毎日苦しんでいる姿を家で見ています。家族の者も毎日気遣いして大変ですと切り出してくれた。そこで私は「少しご家族で相談してみては如何でしょうか」と話してみた。「そうですね。本人を交えて一度家族で話し合ってみます」と母親から聞かされて帰店した。少しすると本人から退職届が提出された。私はその方が本人のためにもなると思っていたので何も言わずに出された退職届を受理した。

彼は少しすると会社を去った。退社後はすぐに地元の大手チップ会社のボイラーマンの職につき、毎日明るく、楽しく仕事をしていますと母親からの便りが届いた。私もこの手紙を受け取って少し重い心を軽くすることが出来た。人の人生を大きく変えてしまった出来事である。

私はこれで良かったのだと自分に言い聞かせている。しかし最初に切り出したのは私である。何か退職を迫って私が辞めさせたように自分では自責の念をもって受け止めていたからである。それでも本人のことを思えばこれでよかったと思うようにしている。

## その2　会社を辞めてもらった渉外係

この人は渉外係である。少し常識に欠けている。自分勝手で社会通念上の情況判断も出来ず顧客からよく苦情の入る職員である。一つの事件を紹介してみる。歯科医院を訪問した時の出来事である。歯科医師と約束した時間は十一時、彼は時間前に訪問して控え室で約束の来る時間を待つ。そして時計を見ていて十一時になるとすぐに診察室に入り、「先生時間通りに来ました」と言う。医師は治療の最中で真剣であった。彼は時間を守ったことを先生に言いたかったのである。しかし先生にしてみれば診察中の治療室に入ることは常識に欠けたことである。先生は怒ってその場で渉外係を追い返した。その後で私のところに苦情の電話が入った。もっともである。本人に事情を聞いてみるとその通り。しかしこの時本人も何か感ずるところがあったのかお詫びの葉書を翌日医師宛に書いていた。それを受けとった先生から今度は直接私のところに電話が入った。「支店長一度来て下さい」と呼び出しを受けて訪問した。

先生にお会いすると先ず先日のお詫びを申し上げた。先生は私に黄色に変色した一枚の古い年賀葉書を示した。その黄色い葉書には先日訪問した時のお詫びがつたない文章で書いてある。この変色した年賀状を見て私は何も言うことは出来ず頭を下げた。即座に「申し訳ありません。私の指導不足、これからは気を付けさせます」としか答えることが出来なかった。再度深々と頭を下げてお詫びをして帰るしかなかった。

店に帰るとすぐに本人を呼び事の次第を問い質したが本人は何も悪びれた様子もない。何も気付いていないのである。普段からお金の数え間違え、約束事の放置、物の忘れなど苦情の絶えない渉外係である。いつも何か起しはしないかと常に心配している。この事件を機に一度私は臨時の家庭訪問をすることにした。訪問すると普段の仕事振りを父親に報告した。

「このままだと、いつか大きな事故を起し、ご両親にもご迷惑をお掛けすることになりかねません。一度ご本人とゆっくり話し合いをしていただけませんか」

と付け加えて帰店した。暫くすると本人から退職届が出された。

「残念だが仕方がないね」と言ってそれを受け取った。暫くして彼は会社を退職した。その後はトラックの運転手として元気に仕事をしているとの風の便りが彼の友人から届いた。その後のことはわからない。

私は支店経営の立場から決断したことではあったがいつまでも後味の悪い出来事として心にいつまでも残っている。

人の人生を私の言葉一つで左右させている、と思い、心では残懺している。そこまで踏み込んでよいものかと迷っている。

裏を返せば、自分のためにリスクを排除したことにもなる。人情に欠けている。自責の念が今も残る。私は相手の人生を左右させるような判断を時々相手にせまっている。もう少し他の方法はなかったものか今も考え苦悶している。退職届けを出したのは本人の意思であるがその方向に導いたのは私である。やはり心には大きな石が残ったままである。

## その3　職場を乱す女性

ある店では支店内に女性どうしの二つの派閥があって、いつも争い事を起しては店内の調和を乱して、私をいつも悩ませていた。揉め事が起きると必ず一方の派閥の親分格の女性が泣きながら私の所に来て相手の悪を並べ立てて「辞めたい」と言う。そんな時は支店長室に入れて話を聞く、泣きじゃくりは一時間程続く、根気よくなだめすかして、相手の訴えを聞いて時間をかけて心を静める。

彼女はしゃべり終るとすぐに何もなかったように仕事に戻る。こんなことが何度となく繰り返し繰り返し続くので困っていた。私は親分格の女性に辞めてもらうことを決心した。この時は本部人事課に前もって訪れて事の次第を細かく報告しておく。いきなりの退職届けで辞めるとなれば支店長の人事管理不行届として評価される。辞めそうな人、辞めてもらう必要がある人がいる時には必ず前もって人事課に行き報告をしておく。この女性はいずれ辞めると事前に報告しておいた。

又いつもの喧嘩が始まった。いつものようにこの女性が会社を辞めますと泣きながら支店長室に入って来た。今度はなぐさめることもせず相手の話を黙って聞いているだけである。暫く話を聞くと私は「そんなに辞めたいのなら仕方がないですね。急に言われても私の方も困ります。私はあなたの替りの人を人事部にお願いしなければなりません。もしどうしてもと言うのであれば、すぐにこの場で退職届を書いて下さい。私はすぐに本店にこの届けを出して、替りの人を頼みに行きますから」と説明してみた。彼女は一瞬迷った様子を見せたが、すぐ何もためらうことなく退職届を書いた。私はその退職届を持ってすぐに本店人事課に飛んでそれを届けて説明した。事前に報告してあるからすぐに受理された。

そして帰店するとその場で「あなたの希望通り退職届けを本店に届けてきました」と伝えた。そして長い間ご苦労様でしたとも伝えた。彼女は暫くすると出勤しなくなった。随分と計画された残酷な行為である。この時も私は考え悩みもしたがここでも店の運営の道を選び彼女の将来のことはあまり深く考えることもなく決断をしている。

今、思い直すと恐ろしいことであるが間違いではない。これも決断の仕方の一つである。今も悩んでいる。彼女の本心はわからなかったが私は辞めてもらいたいと内心では思っていた。そして辞める方向に導いたのはやはり私である。ここでも自分の心の冷たさを感じ自分自身に対して苦しみをつのらせている。

人は時には残酷な決断を迫られることがある。私の場合はどうも会社と自分の責任のことを先に考えて、判断をし、行動をしてきたように思えてくる。こうして考えてみると私のせいで多くの人が人生航路の切替を余儀なくさせられたかを思い知ることが出来る。八十歳を迎えた今、その懺悔の償いに残りの人生を捧げている。これは死ぬまで続けるであろう。

# 四、私に関わった女性達

## 1 泡沫《うたかた》の純愛

私は入社するとすぐに私に仕事を教えてくれて、しかも色々と面倒をみてくれる職場の先輩女性と恋に落ちた。何も知らない私に特に優しくしてくれる人に心を落とし込んでいったのである。

不馴れな職場では私にとってはとても頼りとなるすてきな女性に見えた。心の中で彼女の存在感は大きくなっていった。

ある時、その女性が病気になり、会社近くの病院に入院した。職場の仲間は仕事帰りに見舞に立寄っているようである。私もなぜか一人で病院を訪れた。彼女は病院の大きなベッドで休んでいた。私が扉を開けるのに気付くとすぐに彼女は体を起して椅子に座った。そうして「石原さん疲れているでしょう。少し休んだら」と言って見舞に訪れた私をむりやりベッドに寝かせようとする。その気遣いが何なのか不思議な気持になる。男と女が二人きりでいると何となくその先を心配して私はベッドの脇に腰をおろした。その時から私の心は彼女の方に急に傾き始めていた。こうして二人は仕事帰りに毎日のように忍び合うようになった。

すでに人生経験豊かな彼女の方は男心をたくみにあやつることを知っていた。仕事も出来る。周りからも信頼されている。私の恋は蟻地獄に落ちたかのように次第次第に深みへと落ち込んでゆく。もうどうすることも出来ないくらいまでに燃え上がっていた。毎日のように暗い夜道、暗い物陰を探してはそこで身を寄せ合った。

或る時は雨がしとしとと降る夜、海岸からは人目につくことのない燈台の下で一つの傘を持ち合いながら一時間程も唇を吸い合ったこともある。いつも会う時には時の流れを忘れて忍び合いながら愛を語った。

当時、田舎にはラブホテルも少なく暗い物陰で恋を語るしかなかった。すぐに月日は流れた。しばらくすると彼女の方から結婚をしたいと切り出してきた。お互いの家にも行き来し、心も知り合い私も結婚してもよいと思っていた。

しかしその時になって初めて彼女が学会の猛烈な信者であることを打ちあけられた。私は長男である。家を継がなければいけない、宗教は浄土真宗、これは譲ることの出来ない条件である。この時になって初めて二人の生き方に大きな深い溝があることに気付いた。

彼女は学会に加入しなければ結婚出来ないと言う。私をどうしても入会させたい。ついに入会させるために東京の本部から折伏師とよばれる男の人二人を呼び寄せた。私は彼女の家に呼び出されて夜を徹しての折伏師の説得が続いたが私の考えは少しも変わることはなかった。ついに説得出来ぬまま夜が明けてしまった。二人の折伏師も仕方なく帰り二人は広い部屋に取り残されていた。何とも言えない重苦しい雰囲気の中に二人は黙って座ったままである。

突然、彼女の方から話し出してきた。

「このままでは二人は一緒に結ばれることは出来ません。私の貴男に対する情熱は少しも変わることはありませんがここに至っては別れることしかありません」といきなり切り出した。更に続けて「二人は別々の道を歩むことになりますがお互いにきっと幸せになりましょう。きっときっと幸せになりましょう」とつけ加えた。彼女は目に涙をいっぱい浮べて私にしがみついて泣き続けた。ただ、私は抱きしめているだけで何も出来なかった。彼女は涙のかれはてた頃、少ない涙を拭いて私の胸から離れた。そしてもう帰るようにと私をうながした。

それが最後の別れである。今では時折、思い出したように年賀状が来る。お互いの幸せの確認のためである。私の人生にとっては思い出深い、心に残る一頁である。こうして恋は終った。今度の件があってから今まで何もしなかった両親も私のことを心配して結婚のための情報を積極的に集めるようになった。そのせいか親戚、友人、生命保険の社員の人などから矢継早に見合いの写真が持ち込まれるようになった。

その中の一人の女性と縁あって結婚をして今は幸せな晩年を過ごしている。人生とはこんなものかとも思う。自分の意思とは関係のない所で人生は決ってゆくこともある。これぞ天命であろうか。人生には努力によって切り開くことの出来る部分と自分の力ではどうしようも出来ない目に見えない自然の力によって人は動かされていることも知るのである。

八十歳近くにもなるとお互いにたよることの出来るのはもう夫婦二人しかいない。私の周りから友人、知人、親戚が少しずつ消えてゆく。身を寄せ合うことの出来るのは妻のみである。

そのことをこの年になって初めて知る。今までは自分勝手、我がままのやり放題で過ごしてきた。今、妻の存在する有難さを知る。ただ、そばにいてくれるだけでよいと思うようになる。なんと今まで愚かであったことか。それでも気付いたことだけでもましと思っている。

人生、生れるも一度、死ぬるも一度、長いようで短いのが人生である。そして今思うことの出来るのは、人の幸不幸はそれぞれの人の心の内にあることを知るようになった。

冥土からお迎えが来るまで静かに心豊かに自分自身を磨き上げる生活を送ろうと思っている。人生いつからでもスタートは出来るのである。又一つの大きな、豊かな道に辿りつくものと思っている。

## 2 幼稚園の先生

六月のボーナス時期が来た。この時は内部職員にもボーナス預金獲得の割り当てがくる。チームを組んで預金獲得に当る。その当時はボーナスといえば現金支給、ボーナス袋の厚みで多いか少ないかおおよその見当がつく、横に立つ人は多い人である。又この時に女性の友達を作ってラブホテルで遊んだ話をすることが渉外係の間で流行《はや》っていた。私もこの機会を使って預金よりも彼女を作ることを目標とした不純な動機で参加した。

募集に行く先は近くの幼稚園である。私と同じ若い先生ばかりである。心がときめいていた。休憩時間を見はからって預金の募集を始める。募集するのは五万円か十万円の定期預金である。一人の若い先生に熱心に募集をかけた。預金はしてくれなかったが話には心よく応じてくれた。募集は三回程で終った。少したつと預金をお願いした先生の一人から交際を求める手紙が自宅に届くようになった。私はその先生には少しも興味をもっていなかったからそのままにしておいた。

手紙を送ってくるその女性が暫くすると帰宅時間になると会社の通用口の物陰に立つようになった。来る日も来る日も私が出て来るのを待ち受けるようになった。あまり長く続くので私は恐怖を感じ始めていた。私の方には付き合う気持は毛頭ないことを伝えたが彼女は全く聞く耳を持たない。反対にますます追っかけが激しさを増すばかりである。ついに会社からも注意を受ける、更に自宅にも毎日強い香りに包まれた花を入れた濃厚なラブレターが届く。時には私の日曜日の行動まで調べて名古屋に勉強に通う電車にも乗り合せるようにまでつきまとってきた。そんな日々が一ヶ月近くも続くと何故かつきまといも終り恐怖から解放された。このことを契機に女性の怖さを身にしみて感じて迂闊な行動はしないようになった。早くして女性の怖さを経験しその後の人生に警告を鳴らしてくれた。このことを契機に女性とは真面目に真剣に向かい合うようになった。ちなみにこの先生は春先になると男が欲しくなる病気をもった女性であることを知らされた。

女性で失敗する男性を多く見てきた。私は早くから女性の恐さを経験しているから女性に対する危機管理能力が早くから備わっていた。人には何事も経験が必要である。特に苦しく、にがい経験は人の心を曲げもするが強くもする。人は経験の積み重ねによって育つことも確かのようである。良くも悪くも苦労の量が人生に厚みをつけることは間違いない。しかし一歩道をはずせば人生を壊すことにもなる。しかし経験の積み重ねが人生であることは確かである。

## 3 破談に終った結納

この頃は悪いことばかり続き、気持はなえて、焦燥の日々を送っていた。仕事にも身が入らずにただぼんやり営業マンとして外廻りの仕事をしていた。元気もなくただ何となく町の路地の片隅をゆっくりとスクーターを走らせていた。せまい路地に来ると車の騒音をかき消すようにショパンの柔らかなピアノの音が私の耳にしのび込んできた。スクーターを止めて聞き入る。その音は路地の片隅にある小さな工場の奥から流れてくる。暫くその美しい音色に耳をかたむけている。その場から足は動かなくなった。

その美しい音色に誘われるかのように工場の門を通り抜けて事務所の前に佇んでいた。ぼんやりと立ちつくしたままである。我に帰った。仕事中である、ならば新規訪問でこの会社を訪問すればよい。少し心の準備をしてから、名刺とパンフレットを用意して事務所の戸扉を引いた。中は小さく、こぢんまりと整頓されている。正面に社長と思われる女性、品の良い五十歳近くの人である。その横に男性が座り雑談をしていた。私は名刺を出して、挨拶をして、新規訪問したことを告げる。それが終るとすぐに奥から聞こえてくるピアノの主に話題を切り替えた。ピアノを弾く主はこの女社長のお嬢さんであることを聞き出した。こうしてこの会社の訪問は始まった。雨の日には時間つぶしにこの会社を訪れた。ピアノの音が聞こえれば必ず訪問した。或る日どうしてもピアノを弾く主に会いたくなった。強引に会わせてくれるようにお願いをしてみた。すんなりと社長の許しを得ることが出来た。初めてピアノを弾いている主の部屋に案内された。住まいの一番奥の部屋にグランドピアノが置かれ、ピアノを弾く主はそこにいた。彼女は少し小柄であるが私の好みのタイプの女性である。

一目惚れした。彼女と少し会話をすることが出来た。彼女は或る大手会社の管理栄養士として働いているとのこと。週に二、三度出社すればよいとのことを聞き出した。その後は彼女のもとに足繁くかよい、ついに母親からも本人からもデートの許可を取りつけた。日曜日ごとにデートを重ねた後に何となく結婚の話を持ち出してみた。意外にもすんなりと結婚の申出を了解してくれた。その後は話はトントン拍子に進み、ついに結納まで漕ぎつけた。仲人を受けてくれた人は父の結婚の時仲人をした人である。親子二代の仲人である。ついに結納の日が来た。当日結納の品をしたためて仲人と二人で婚約者の家を訪れた。

仲人と相手方とはどちらも初対面であったが結納の儀はつつがなく取り行い無事終了した。ほっと一息入れながら仲人と相手の母親の間で会話が始まっていた。話の内容は結婚後の二人の生活についての話題に移っていた。相手方の要求は結婚をしても週に一度は娘を我が家に帰すこと、住いは別棟で家を建てることなど矢継ぎ早に注文が飛び出していた。そして最後に私共は旧伯爵の家柄である。格が違うから受け入れなさいと言わんばかりの一方的要求を突き付けてきた。

仲人は随分と辛抱して黙って聞いていたがついに反論に出た。

「そのような話を今になって出すことは筋の通らぬこと」

言うが早いか「この縁談はなかったことにします」とその場で即座にこの縁談を破談にしてしまった。一瞬にして夢は飛び散った。若い二人はそんな細かいことまで気付くこともなく結婚にたどりついたことだけで喜んだだけのことである。又、結婚は破談した。なんと運のない男か。もう結婚は出来ないのではないか、深い苦しみの谷間に又落ち込んでしまった。この仲人さんにこんな短気なところがあることを少しも知らなかった。

私の初恋は十八歳の冬、淡い恋のままで終っていた。

二度目の恋は二十二歳、社会人として歩み出したばかりの時先輩女性の恋のテクニックに落ち込んだ。宗教と長男を理由にこの恋もはかなく消えた。今度は三回目、理想と思われる女性にめぐり合えたが相手の母親と私の仲人の関係のない二人によって理想と思われた結婚も吹っ飛んでしまった。四回目は両親の持ち込んだ保険外交員の写真で見合をして結婚して何とか幸せな生活を送っている。縁とは不思議なものである。縁は天命なのかもしれない。今こうしてあるのがとても不思議に思えてくる。

又人には一つや二つは必ず誰にも言えないことがある。死ぬまで心の奥にしまい込んで死を迎えるのである。人には心に封印された思いは必ずあると思っている。私も二つ持っている。何故か話すこともなく心に秘めているのか今もよくわからない。

結婚にも二通りある。私の父のように自分の力で努力して切り開く運と私のように失敗を重ね重ねて手にする天命にも思える結婚もある。

人の道は、その人の歩む道のりの歩み方によって大きく変わることもあるであろうか。

## 4 心を癒してくれた若女将

都会の店ではたえず問題が起きる。事件も事故も何事もなく次の店へ転勤するのは至難の業《わざ》である。ここに来た多くの支店長は何がしかの事件、事故で将来の夢を失う。本当に毎日毎日、心を休めることが出来ない。いつ何が起きるかわからないから。私がこの店に着任して始めたことは息抜きの出来る場を探し求めたことである。それは大きなビルの谷間の地下街にある小さな割烹料理店を馴染の店にすることが出来たことであろう。この店はロータリー仲間のお妾さんの娘さんが営む店である。この店の若女将は三十歳前後の綺麗な女性である、店には小部屋が七部屋くらいあってすべて和室である。出される料理はそれぞれの季節のものを出してくれる。品のよい店である。

最初の内はお客様の接待に使ったり、職員の懇親会の場として時折利用していた。知らず知らずの内に私の隠れ家として利用するようになっていた。疲れた時、嫌なことが起きた時自然にこの店に足が向いて心を癒した。そんな時は必ず愚痴や泣き言を言っては酒を呑む。

それでも若女将は何ひとつ嫌な顔もせず私の愚痴を嫌がることもなくいつも聞いてくれ

る。時にはやさしい言葉も返してくれる。私の機嫌の悪い時にはそれを読み取ってか、私のいる部屋に顔を出してはお酌をしながら愚痴話も嫌がることなく聞いてくれる。時には深酒することもある。泪を流して泣きじゃくることもある。

そんな時にはことさらに寄りそってお酌をしてくれる。あまえてひざを借りても嫌な顔もせずなぐさめてくれる。最後にはいつも優しく「石原さん最終電車に遅れますよ。明日も仕事があるでしょ」と言って酔った私をだきかかえるようにして帰るのをうながしてくれる。酔った私をささえて地下街まで送り出してくれる。そして「さようなら」と言って店を後にする。何事もなかったように家に帰る。翌日も知らぬ振りして出社する。その女将《おかみ》のお蔭で、嫌なこと、つらいことがあってもいつも乗り越えられてきた。この女性が私を蔭でささえてくれたのである。一歩間違えば破滅の間柄でもあった。心が通っていたのか、彼女が商売上手だったのか、とにかく、私の心を上手にときほぐしてくれた。無事に仕事が出来たのもこの若女将のお蔭である。男の仕事には女性の優しさがいかに大切であるかしみじみと知ることが出来た。女性の恐さと、優しさは紙一重である。人は人の助けなくして生きてはゆけないことも知る。人は知らず知らずの内に周りの人々に助けられて生きている。更に人は生きているのではなく生かされていることも知ることが出来た。女性は女神にもなれば魔女にもなる、それは相手の男次第なのかもしれない。

## 5 タイムスリップ――蘇った五十年前の恋

私は晩年を妻と二人、穏やかに過ごしていた。ところが或る日突然舞い込んだ一枚の葉書が大きな波紋を引き起した。この一枚の葉書が私を五十年前にタイムスリップさせた。かたく封印されたはずの初恋であったが再び火がついてしまった。恋の炎はめらめらと大きく燃え上がった。私は七十歳に近い、恋をする年でもない。しかし晩年にして狂おしい恋の罠に落ちてしまう。この恋の始まりは十九歳の大学生の時にまで遡る。

今思えば随分と遅い初恋であった。何となく弁護士になるつもりで大学に入学した。入学して暫くすると、下宿先の大先輩の一言。

「石原君は弁護士になる志を持って入学したと聞いているが、君の能力も大切だが両親や周りの家族の者にも大変な苦労を掛けることになる。そのことを知った上での覚悟か」

この一言で私の志は簡単に吹き飛んでしまった。考えてみれば私はその日その日の生活にも困る学生である。アルバイトをしながら卒業するつもりで入学している。弁護士志望はすぐに消えてアルバイト生活に入った。普通の学生のように学校には行けないので、茶道部に籍を置いてアルバイトと茶道部の生活にひたるようになっていた。アルバイトのない暇な時に通う茶道部内に私の初恋となる女性がいた。何となく抱いた淡《あわ》い恋はいつの間にか炎の恋へと燃え上がった。その恋は日を追うごとに大きく燃え広がり、いつの間にか大きな苦しみに変わっていった。底なし沼に落ち込んだようにどんどんと深みに落ちていく。ついに自制出来ないところまで大きくなり苦しみとなり、もだえる日々が続くようになった。この私が初めて恋に落ちた女性《ひと》は北海道出身の京都育ち、容姿は私の好きな女優の八千草薫に似たタイプの女性である。

彼女はどちらかと言えば口数は少ない、時折、笑うと小さなえくぼの似合う、小柄で清楚な女性である。目は少し横長で、口もとは少し厚目の唇をしていて、いつも少し色気を漂わせている。その彼女は先輩の茶道部員に恋をしていることも噂で耳にはしていた。

私はそのことを知りながらも一方的に激しい恋に落ちた。それはどうすることも出来なかった。

恋の経験のない男が恋の魔力にはまるのはそんなに時間を要することではなかった。恋の火は猛火となって燃え上がり、今にもすべてのものを焼きつくす程に大きく燃え広がっていた。ついに悩みは頂点に達した。心にしまっておくことは出来なくなった。ある日、冷静さを失ったまま、唐突に会いたいと彼女にお願いした。彼女は私の心の内など知っていないので会ってもよいと返事をくれた。

ついに二人だけで会う日が来た。約束をした日は折悪しく木枯しの吹くみぞれ混じりの寒い日になった。出会いの場所は何故かわからないが加茂川の川原に約束していた。小石のころがる石座敷の川原に着く。すでに彼女は来ていた。少しよろめきながら二人は一歩一歩近寄ってゆく。石につまずいて一瞬彼女が倒れそうになるが手を差し出す勇気もなかった。幸い倒れることもなく二人は会話の出来る距離にまで近寄っていた。目と目が合うと軽く会釈をした。

私は話すことを何も考えてこなかった。話したいが声が出ない。朝の寒さも手伝って声も出ない程凍える寒さである。とてもここでは話など出来ない。この近くに小さな喫茶店のあることを思い出した。加茂川沿いにある小さな喫茶店である。何も考える心の余裕もなく、ただ暖を求めて二人は歩き出した。ただ、黙って歩いた。喫茶店にはすぐ着いた。

私はこの時も何も考えず店のドアを開ける。店内は薄暗い、しかもジャズが音量いっぱいにしてあって店内に響き渡っている。一旦躊躇《ちゅうちょ》はしたがその店に飛び込んだ。ただ心だけが高ぶっている私には何も考える余裕などなかった。二人の席は店内の隅の大型アンプの前しか空いていない。そこに座るしかない。部屋の片隅で相手の顔もよく見えない程暗い、そして相手の声が聞こえない程の音量の響く席である。

しかしここに至っては今はそこに座るしかない。座るとすぐにコーヒーを頼む。彼女の顔もぼんやりとしか見えない、しかも話す言葉が相手に届かない。これでは恋の告白などとても出来る雰囲気ではない。ここまで来て何も心の思いを語ることもなく帰ったら何のために苦労したのかわからない。そんな思いで心はいっぱいいっぱいであった。

チャンスは今しかない。私は覚悟を決めた。改めて店内を見廻してから彼女の表情を確かめようとしたがやはり顔の表情がよく見えない。ぼんやりとしか見えていない。これではとても話は出来ない。場所を変えて話そうとも考えたがその時にはもう緊張の連続で冷静さを失っていた。私は突然すっとんきょうな大声で叫んだ。

「あなたが好きです。付き合って下さい」と。

しかしそんな大声でも彼女は反応の様子を見せない。続けて三度同じように「あなたが好きです。付き合って下さい」と叫んでみたが、やはり聞こえていない様子である。周囲を見廻しても他の者も気付いていない様子である。この自分の声に自分自身がびっくりし、その行動の滑稽さに自分自身が興ざめしていた。

もうだめだ早く店を出たい。

早く一人になりたかった。いきなり何も言わずに押し出されるように店を出た。店を出た後、すぐに彼女に聞いてみた。「あなたが好きです」の私の声は聞えましたか、と。彼女は「いいえ、何も聞こえませんでした」とけろりとして答えた。

この言葉を最後に私の恋はあっけなく終った。その後は二人は他人同士となった。毎日顔を合せてもそしらぬ他人同士の振舞い。そうしてそのまま四年が過ぎ卒業の年を迎えていた。一年生のあの時の初恋は胸の奥にしっかりと仕舞い込み鍵をかけた。この初恋は心の奥底に封印されたまま大学を卒業した。時は流れ、五十年の歳月も走馬灯のように過ぎ去った。すでに私は七十歳を迎えようとしていた。

最後に卒業式の後、帰郷の際の思い出話を付け加えておく。

何とか無事に卒業も出来て、古里の愛知県に帰る日が来た。駅のホームに一人ぼっちで佇んでいた。その京都駅での出来事である。

下宿先も整理して、手荷物一つで大阪発、名古屋行きの比叡二号を待っていた。その時は何とも言えない解放感と寂しさの中に身を置いていた。一人ぼんやりと春霞みの空を眺めながら名古屋行き比叡二号が来るのを今か今かと待っていた。この四年間の出来事を一つ一つ思い出しながらうつろな目で空を眺めていた。もう二度と京都に戻ることもないと思うと寂しさが一層胸に込み上げてくる。何となく目はぼんやりとホームにいる人の流れを追っていた。ホームには二つの出入階段がある。その階段から流れ出てくる人の波に目を向けていた。東の出入口から見覚えのある一人の女性がこちらに向かって歩いてくる。私は目をそらすように西の出入口に目を移すとそこには茶道部後輩の女性が立っている。

二人が私の方に向かって歩いてくる。

別々の方向から確かに私を見ながら歩み寄ってくる。一人は鳥取、もう一人は島根の女性である。どんどん二人は私に近づいてくる。或る距離まで近づくと二人はお互いに気付いた。私もどうしてよいか迷っていると、二人はすぐ背を向け反対を向いて引き返し始めた。お互いに気付いたその瞬間である。言葉をかける間もない一瞬の出来事である。この二人の女性が私を見送りに来てくれたことにすぐに気付いた。何故なら私には思い当る節があるからである。

二人の影が消え去るとすぐに山陰の一人旅が思い浮んできた。この時の一人旅は茶道部の部長の役も無事に終り三年生の冬休みに入ったばかりである。その時の私は解放感と虚脱感に襲《おそ》われていた。何故かただなんとなく二人の女性を求めて京都から山陰行きの電車へと乗り継いでいた。思考能力を失った夢遊病者のように何も考えずに電車に乗っていた。電車を乗り継いでもう何時間も電車に乗っている。電車はいつの間にか山陰の地を走っている。電車は冷たい夜の帳《とばり》の中を走り続けている。冬の夜風は冷たい。車窓を少し開けると暗い夜の町明りの中、冷たい風が車窓から飛び込んでくる。

あわてて窓を閉める。再び夜の町明りが流れ去っていく。その風景を見ているとますますもの悲しくなる。そんな感情にひたっているといつの間にか電車は夜の駅に着く。温泉町の小さな駅である。静かである。行く先も決めてない私は一人駅舎を出る。泊る先も決めていない。今はただ、手帳に書かれたメモをたよりに玉造温泉の街をさまよい歩いている。どことなく歩き廻った末に漸く、茶道部後輩のB子さんの親が経営するという小さな旅館にたどり着いた。訳のわからない理由を説明する。彼女はまだ京都からは帰っていないとのこと。一夜の宿を求めると近くの旅館を紹介してくれた。その夜はそこで一泊した。翌朝は早く宿を出て玉造温泉の町並を散策し観光地などを見て廻った。終るとすぐその足で鳥取行の電車に乗り、鳥取駅に着くとすぐそのまま有名な鳥取砂丘に向かった。砂浜に足を取られながらも何となく砂丘を一廻りして、そのまま父親が新聞記者をしているというA子さんの家に向かった。着くと玄関に表れたのは父親であった。ここでもA子さんはまだ京都にいて家に帰っていなかった。訪問の趣旨は特別になかったので旅の途中で立寄っただけと話をしてすぐにその家を後にした。旅はただそれだけで終っていた。

その程度の記憶しかない二人の女性から今見送りを受けている。よくはわからないが思い当る節もある。この内の一人の女性には初恋に破れた直後に、この人に小さな恋心を抱いたようなことがあった。しかし付き合うことも話をすることもなかったが私の行動のどこかに何かがその心を伝えていたのかもしれない。もう一人の玉造温泉の女性は彼女の方から私に何か恋心のようなものを投げかけていた気もするが深く考えることもなく終っている。

その程度の記憶しかない二人の女性が今こうして私を見送りに来たのだ。私は馬鹿な男である。そんな女性の女心を察することもなく四年間を過ごしてきた。なんと無神経な男かと反省してみても、もう遅い。もしも二人の心に気付いていたら人生も変わっていたかもしれない。もう学生時代は終っている。私は就職してからは家庭を持ち、一生懸命に働いた。四十三年間の金融マンの生活も無事勤め上げ、三人の男の子にも恵まれた。子供達は今は独立している。しかし本当に子育てしたのは妻である。私は家庭をかえりみることはなかったが妻がきちんと子を守り、育ててくれている。感謝している。母を九十二歳で送り父を百歳で見送ることが出来た。両親とも一緒に過ごすことも出来た。その陰には妻の大変な苦労があったことも知っている。この年になって漸くわかることである。

それでは一枚の葉書の話に戻す。一歩間違えば今の私の幸せな人生を大きく狂わせてしまったかもしれない事件である。その一枚の葉書とは学生時代に一緒に茶道を楽しんだ仲間の一人の女性が発起人となって、毎年一回、旅行を楽しんでいる。今回、この旅行に参加しないかとの誘いの葉書である。この旅には同年の茶道部員が多くいる。仲の良い親友も参加すると聞いて初めて出席することにした。

いよいよ旅の当日が来た。胸をはずませながら集合場所の大阪駅に降りる。久し振りの友との再会である。誰が参加しているのかは詳しくは聞いていない。集合場所にはすでに参加者は集っている。みんなが私を待ってくれている。手を上げて迎えてくれている。

　近づけば馴じみの仲間ばかりである。一人一人顔を見て挨拶をしてゆく。その中に一人の女性がいた。五十年前、加茂川のほとりで初めて恋心を打ちあけ、その場で失恋した初恋の人、その人がそこにはいた。目と目が合うと私は少したじろぎの表情を見せながらも軽く頭を下げて元気そうに振るまって見せた。彼女は少し笑みを浮べて、「お久し振りです」と思い出した表情で答えてくれた。

　それだけで私には満足であった。バスに乗ると先ず彼女の座る席を確認して、その斜め後に席をとる。その席からは彼女の後ろ姿がよく見える場所である。こうして一日目の旅は始まった。すでに車内は昔の思い出話に花が咲いている。しかし私だけは一人何となく、うわの空で会話の輪に入ることはせず、じっと彼女の後ろ姿に目はくぎづけになっていた。車窓の景色など目に入らない。会話の雑音も聞こえない程に神経は彼女に集中している。そして頭の中では五十年前の出来事を一つ一つ思い出していた。又この五十年の間には私は恋もし、多くの女性も知り、最後に妻とめぐり合って結婚し、今は幸せに暮している。その幸せが今、目の前で音を立てて壊れてゆく。夕方にはたまゆらのロッジに着く。この時には頭の中は彼女のことでいっぱいになっていた。ロッジに着くと、それぞれに決められた部屋に入って一服をする。宴会を始める合図があり宴会場に向かう。席は自由である。彼女はすでに席についている。

私はそれを確認すると、又彼女の顔を見やすい斜め前に席を取る。正面にどんと座って、話をしたかったがそんな勇気は私にはない。これが精一杯である。自分を自制する心とは反対に心の底では一層昔の恋に再び火がつき炎は次第に燃え立ち始めていた。しかしこの旅ではあまり話す機会もなく旅は何事もなかったように終り帰途についた。その後も旅は毎年一回北海道、九州、四国と続き六回程旅行をしたがやはり積極的行動は何一つすることなく旅は続いている。自分ではなんとだらしない男と思い自分を軽蔑していた。

何も行動出来ず不満だけがうっせきしていた。ただ月日だけがむなしく流れ去っていた。平成三十年の旅は二度目の和歌山県のたまゆらの旅が計画された。この時は彼女は体調不良を理由に旅を欠席した。この旅の欠席を機に私は月に一回程、病の様子を聞くために電話をするようになっていた。更に時々京都に用事があるついでといって彼女と二人だけで落ち合い、昼食をしたり、寺社仏閣巡りをしたり、彼女の学生時代の思い出の喫茶店で音楽を楽しんだりして、何となく自然に行動出来るようになり失われたはずの恋は再び育っていた。これは私の一人思いである。彼女と出会ううち、彼女は腎臓と肝臓のバイパスの手術をしていることを聞くことが出来た。手術は一日かかり、術後も病院に一週間入院してから退院が出来ると聞かされた。体力を消耗するようで随分とやせてしまった。手術は年に一回必要とのことである。病状を聞くために頻繁に電話をする。体調が良ければ声は明るい。少しいつものほほえむ様子も電話ごしに見える日もある。体調の悪い時には言葉数は少なく、疲れを感じ取ることが出来る。そんな時にはすぐに電話を切るようにした。こうして電話での付き合いが続く。令和三年九月十日に電話をすると次の手術は九月二十日に決まったことを告げられた。心配である。今回の手術は家族とも相談して治療だけで済ませたいと私にも相談を含めて電話が入った。私も出来れば手術しないですむ方法に賛成した。

入院が間近にせまった九月十六日七時五十分に電話を入れたがもう出なかった。その時私は入院も間近で準備で忙しいと思った。しかし翌日の九月十七日夜の七時五十分に昨日私が電話を入れたのと同じ時間に彼女の方から電話が入っている。その時は電話には出ず着信履歴が私のスマホに残っていた。一日気付かずにいて翌十八日に電話を入れてみたがもう彼女は電話に出ることはなく九月十七日の電話が最後となった。

そして一ヶ月後の十月二十日に彼女が亡くなったとの知らせを友人から聞かされた。絶望の底に突き落とされた。入院の三日前に彼女が私に入れてきた電話が何であったのか。あの時電話に出なかったことが今も悔やまれて仕方ない。いつもは必ず着信履歴に気付くのにその日に限って着信履歴を見なかった。そのことが残念で仕方ない。

運命の悪戯《いたずら》なのか今もただ悔いだけが残る。

今は時が解決してくれることをただ待つのみである。人生の儚さと切なさを胸に納めて、彼女の冥福を祈るだけである。

人は生れるのも一度、死ぬのも一度、彼女はもう去ってしまった。私は残されて、まだ生きている。

最近ではこんな風にも考えている。彼女の死は私を苦しみから救うために先に旅立ったのだと、そして早く私を立ち直らせようと彼女は旅立ったのだと誠に自分勝手な思いで、自分自身を納得させている。彼女は私の心の中で深い眠りについた。私は少しずつ苦しみから解放されてゆく気もする。六十年にわたる男と女の人生に一つの区切りがついた。私の心は不思議な程に穏やかになってきた。やはり彼女の死が私を救ったのである。そんな思いで今は生きている。


〈追記〉

私は毎日夜の星を眺めるようになった。夜空の星の中に彼女を見つけようとしている。広い夜空のどこかに彼女を探し求めている。毎日の習慣となった。夢は小さな星から大きな宇宙へと広がってゆく、新しい夜明けが近いのかもしれない。

## 6 父の最期

私の父は伴侶を九十二歳で見送っている。父は九十六歳まで元気であった。母を見送るとすぐに自分から老人マンションに入居した。その老人マンションの部屋は偶然にも母がグループホームに入るまで二人で生活した思い出のある同じ部屋に入ることが出来た。

このマンションの周りには病院を中心にグループホーム、デイサービス、リハビリセンターとすべての施設が揃っている。母が老人マンションから介護付きのグループホームに入ると父は目と鼻の先、前にある母のいるホームに毎日通うことを楽しみにしていた。母が亡くなった後もホームにいるみんなに妻がお世話になったと言ってはそのホームに通いヘルパーさんと一緒に入居者に体操やカラオケを教えていた。

或る日、得意とする剣道を教えるために棒を竹刀の代わりにして振って入居者の皆に見せていたが、力余って足を滑らせて転んでしまった。腰の骨を折ってしまい入院となった。この年で腰の骨を折れば先ず治ることはない。ベッド生活の人となった。暫くすると歩くことが難しくなり、更にベッドから起き上がることもままならなくなり半年程で寝たきりの老人になっていた。九十九歳を越えると日ごとに、みるみる内に体の弱まってゆくことがわかる。それを見ることは実につらく、寂しいことであるが仕方ない。少しでも一緒にいる時間を長くして時を過ごすしかなかった。やがて九十九歳を迎えて暫くすると、医師からそれとなく終りが近づいていることを告げられる。

心の準備に入る。毎日病院に通う。家族や親戚、知り合いにも出来る限り連絡してきてもらうようにした。

またたく間に二、三日が過ぎる。やがて医師から今夜あたりがあぶないのではと小さな声で耳うちされる。家に電話を入れて、その日は病院に泊ることにした。その日の夜、回診の医師は父の脈を取る。「脈が下がっていますね」と一言ポツリと言う。父は静かに眠っている。時折、少し目を開ける、何か話したそうに見えるが声は出ない。

父のやせ細った手を握りしめて、父の反応を待つが何もない。暫くすると又少し目を開けて蚊のなくような小さな声で一言、「洋輔、やっぱり畳の上がよかった」と言いながら目を閉じた。それが父の最後の言葉となった。穏やかな父の死に顔である。細い目から一筋の涙が線を引いていた。

父は平成十七年八月十二日午前二時十二分に息を引きとった。享年九十九歳と二ヶ月、大往生の生涯を閉じた。

父を失《な》くして初めて父の歩んだ道が立派であり、いかに尊敬出来る人生であったかを父の死をもって初めて知ることが出来た。

付添いの看護婦さんが葬儀社に連絡をしてくれる。

電話が終ると「これからご遺体は霊安室に移します」と告げられる。遺体を乗せた台車は病院の中を何度も曲がって病院の地下へ下りてゆくようである。冷たい廊下を暫く歩くと、周りがコンクリート壁の冷たい部屋に着く。部屋の片隅に花が一輪だけ生けてある。夏なのに寒々とした冷たい部屋に遺体は安置された。

この部屋で父の旅仕度をすることになる。体はまだ温《ぬく》もりが残っている。葬儀社の人の指示に従って、先ず顔から綺麗に拭いて、拭き終ると白装束を着せ、足袋をつけ、三角頭布を顔の上につけ、薄化粧をする。私も最後まで一緒に手伝った。終ると遺体は棺に移された。そして自宅に帰る。父の待ち望んでいた安住の家である。漸く畳の部屋で休むことが出来た。

別れの最期の夜を父と一緒に過ごすことも出来た。幸せであった。同時に責任を少しはたした気持にもなった。こうして私は母を送り、父の手を握り、死への長旅の仕事も手伝うことの出来たことは実に幸せである。

葬儀が終ると一度に虚脱感が私をおそった。そしてこの時初めて、妻と二人だけになったことに気付いた。

気付けば私も八十歳に近い。これからは妻と二人で先のことを考えなければいけない年になっている。心にはポッカリと大きな穴があいていた。しかし少したつと二人は何もなかったように生き続けている。次にお迎えが来ることも知らずに、いや知らぬ振りをして生きている。自然に二人は肩を寄せ合いながら生きようとするような考え方に変わっている。お互いを思いやる心も自然に芽ばえている。

そんなことが幸せと感ずる年になっていた。少しずつ、考え方、生き方も変わってくることに気付くのである。

〝人は生まれるも一度、死ぬも一度〟

又この言葉を思い浮べる。残された人生を妻と二人で大切に生きてゆきたいと願うばかりである。この年になって漸く、妻に対する思いやり、怒りを圧《おさ》える心、時には一歩も二歩も譲ることが少しずつ出来るようにもなった。気付けば人生の終着駅に立っている。

これが人生かと自分に言い聞かせている。七十歳で始めた学びの心とその大切さに気付くことで晩年の人生を少し豊かにすることが出来ている。人生の最期は人の心で決まるのかも知れない。人生波乱万丈と人は言うけれど、幸せは死の一瞬に凝縮されているのかもしれない。

人は生きる、生かされている、そして本当の幸せとはを考えている。

そしてもっと親孝行をしておけばよかったと思いを深くしている。〝親孝行したい時には親はなし〟。身にしみる言葉である。

# おわりの言葉

人にはさまざまな生があります。平等なのは生れることも一度、死ぬことも一度です。私は幼年期、青年期をひ弱な人間で過ごしました。大学生となり少しずつ社会の荒波にもまれて強い人間へと変身してゆきました。その時期の幾多の苦労があって自分を少しづつ変えることが出来ることに気付きました。逃げたくなるような環境にもまれ、更には色々な人に出会うことによって自分の対応能力を高め、鍛えることを知りました。この幾多の出会いは学生時代の数え切れない程のアルバイト、社会人になってからの金融マン生活を通じ更に社会の中で上から下までの階層の人々と触れ合うことでした。又、学生生活では多種多様の役を通じて物事の計画から実行、更に上の人、下の人の使い方もその時覚えたように記憶しています。

この時のさまざまな出会いによって、人はどのような時に決断し、腹をくくるか。又、決断の前には人の言葉からその真偽を見抜き、人柄を見ぬき、事の最後は自分で責任を取ることを学びました。又、決断には学びの力が必要でした。学んでいないと正しい判断に基づく決断が出せません。

人は往々にして学ぶ機会を持つことなく人生に蓋《ふた》をしてしまっている人がいます。早く学ぶことの大切さに気付くべきでしょう。それは論語の中に人生の大切な事柄の一部が隠されています。自分なりに一読、二読……と読み、深め、重ねてゆけば人生の勝者が待っているかもしれません。それを私は信じます。

私はそのような考えから二〇二二年一月に『八十歳論語に楽《あそ》ぶ　人生百年を見つめて』（栄光出版社）を出版しました。本書の根底にもなっているので併せてお読みいただければ、よりわかりやすいかと思います。

幸せに生きるということは豊かな心を育てることです。豊かな心を蓄えるには学びが必要です。人生には志や目標を持つことが大切です。志が出来たらそれを良い習慣で継続することが大切です。この良い習慣と継続する力はその人の性格までも良い方向に変えてくれます。私は入社時に二つの誓いを財布に入れ、四十三年間かけて目標を達成しました。こうして人は成長してゆくものと思っています。人はよく幸せを外に求めますが人の幸せはその人の心の内にあるものです。

幸せかどうかはその人の幸福感の多寡によるものと考えられます。逆に言えば心の豊かな人の心の中にあるといってよいでしょう。この幸せ感の心は少し学ばないと知ることが出来ないかもしれません。

人生100年時代を迎えた今日、みんなが健康で元気に楽しく生きぬいて一生を終るには少なくとも〝心と体の健康を保つ〟ことが必要です。

今は不透明で先の見えない時代であるからこそ、今一度人の心の大切さを考え直してみる時ではないかと思います。

これから人類は或る意味で一つにまとまる時代に入る必要があるのかもしれません。人種、思想などによってそれぞれ生き方が違う社会は通用しなくなるかもしれません。今人類は大きな岐路に立たされている気がします。

一つの新しい時代の扉が開かれようとする予感を抱いています。みんなで考える時期が目前に近づいている気がします。

**著者プロフィール**

**石原 洋輔**（いしはら ようすけ）

1943年（昭和18年） 1月5日　愛知県に生まれる
1961年（昭和36年） 県立刈谷高校卒業
1965年（昭和40年） 立命館大学法学部卒業
県下の信用金庫入社
　名古屋地区ブロック長、参与を経て、常勤監事、非常勤監事で
　63歳、43年間勤める
退職後、環境問題、一色用水研究会に参加
その後独学で始めた論語を「無学塾」として開校
3年間続け、また独学に戻り『八十歳 論語に楽《あそ》ぶ』を出版

## 昭和を走り抜けた男の「告白」

2023年1月15日　初版第1刷発行

著　者　石原 洋輔
発行者　瓜谷 綱延
発行所　株式会社文芸社
〒160-0022　東京都新宿区新宿1－10－1
電話　03-5369-3060（代表）
03-5369-2299（販売）

印刷所　図書印刷株式会社


ISBN978-4-286-27026-5